CB069611

Aqui de dentro

Sam Shepard

Aqui de dentro

Prefácio
Patti Smith

Tradução
Denise Bottmann

Estação Liberdade

Título original: *The One Inside*
© Sam Shepard, 2017
© Patti Smith, 2017, para o prefácio
© Editora Estação Liberdade, 2017, para esta tradução

Esta tradução foi publicada mediante acordo com Alfred A. Knopf, um selo do Knopf Doubleday Group, divisão da Penguin Random House, LLC

Revisão Fábio Fujita
Edição de arte Miguel Simon

Imagens de capa *Sam Shepard at the Hotel Chelsea*, 1971, The Estate of David Gahr/ Contributor/Getty Images; *Mujer Ángel*, 1979, © Graciela Iturbide (4ª capa)

CIP-BRASIL. CATALOGAÇÃO NA PUBLICAÇÃO
SINDICATO NACIONAL DOS EDITORES DE LIVROS, RJ

S553a

Shepard, Sam, 1943-2017
    Aqui de dentro / Sam Shepard ; tradução Denise Bottmann ; prefácio Patti Smith. - 1. ed. - São Paulo : Estação Liberdade, 2017.
    208 p. ; 21 cm.

    Tradução de: The one inside
    ISBN 978-85-7448-286-6

    1. Romance americano. I. Bottmann, Denise. II. Smith, Patti. III. Título.

17-44938   CDD: 813
                                        CDU: 821.111(73)-3

22/09/2017   25/09/2017

Todos os direitos reservados à Editora Estação Liberdade. Nenhuma parte da obra pode ser reproduzida, adaptada, multiplicada ou divulgada de nenhuma forma (em particular por meios de reprografia ou processos digitais) sem autorização expressa da editora, e em virtude da legislação em vigor.
Esta publicação segue as normas do Acordo Ortográfico da Língua Portuguesa, Decreto nº 6.583, de 29 de setembro de 2008.

Editora Estação Liberdade Ltda.
Rua Dona Elisa, 116 | 01155-030 | São Paulo-SP
Tel.: (11) 3660 3180
www.estacaoliberdade.com.br

Para

Patti Lee
Roxanne e Sandy
Walker e Hannah
Jesse e Maura

Por que ninguém vem e te diz o que vai acontecer?

David Foster Wallace

Sumário

Prefácio   13
Patti Smith

Aqui de dentro   19
O homenzinho minúsculo   22
Felicity   24
Roxo que parece azul   29
Castelos ao luar   30
Súcubo   32
Diálogo Chantagem   34
Jogador de golfe famoso   38
Antropologia das antigas   40
Folha de papel em branco   42
Diálogo Chantagem #2   46
Outros estados   49
Voltei porque   53
BERLIM, novembro de 1811   63
Henriette Vogel   64
Tapetes pegajosos   66
Malhado   68
Ventiladores esquisitos   70
Felicity ao contrário   72
Mães sabem das coisas   75
Lampiões   76
Olho inchado   78

Ruminação da Garota Chantagem	80
Diálogo Chantagem #3 (Mexidinhas)	82
Me visto vendo ela	84
Garota Chantagem à solta	89
A vida de outra pessoa	94
Portas batendo a distância	96
O homenzinho minúsculo num bar irlandês	97
Monólogo da Garota Chantagem	99
Pelo batidão do deserto	101
Rapazinho navajo	108
Filho de um justo	110
Indo para Shiprock ao norte	115
Close de Felicity	116
Papel fino como seda	119
Estradinha de terra	123
Uma garota conhecida minha	127
Diálogo Chantagem #4	129
Outra vez pelo batidão do deserto	130
Botas de flores vermelhas	136
O menino que dormiu no chuveiro	142
Encolhimento	146
Buraco negro	150
Questão de continuidade	165
Obras do acaso	169
O homenzinho minúsculo na praia	176
Montes do próprio esterco	178
O homenzinho minúsculo outra vez	183
Uma careta não é um grito	185
Interrogatório #1	188
Uns cinco alqueires de poeira e cobras	190
Interrogatório #2	193
Barcos ardendo	195
Interrogatório #3	197
Se entenderam bem	200

Prefácio

QUATRO CAVALOS PASTAVAM do outro lado da cerca; borboletas pretas pousavam nas peras caídas. Já dava para sentir o outono chegando na tarde dourada em Kentucky. Sam olhava pela janela. Eu, à mesa, lia o seu manuscrito. Olhando-o de relance, percebi que tudo o que eu sabia dele, e ele de mim, continuava dentro de nós. Lembrei-me de uma foto nossa em Nova York, passando por uma máquina de comida expressa na 23rd Street, uns quarenta anos atrás. A foto tinha sido tirada por trás, mas éramos nós, sem dúvida, prestes a seguir caminhos separados que certamente voltariam a se cruzar.

O manuscrito diante de mim é uma bússola preta. Todos os pontos saem do seu norte magnético — a paisagem interna do narrador. Passei a tarde lendo, sem conseguir desgrudar, navegando por um mosaico de ecos de conversas, perspectivas alteradas, lembranças claras e impressões alucinatórias.

O narrador acorda no meio de uma metamorfose brutal. As coordenadas se embaralham, mas a mão é a mesma. Ele passou a maior parte da vida adulta como ator, o que permite um tipo de viagem que não precisa de passaporte: só uma picape, um roteiro e seus cães no rastro da nostalgia.

Os cheiros de bolinho, vapor, pão na chapa e café se espalhavam pelo pátio detonado e se perdiam no imenso deserto escuro. Uns sujeitos calados suspendiam caixonas enormes com roldanas de ferro de uma ponta a outra do cascalho. De vez em quando, um dos vultos resmungava ou acenava a cabeça, mas o mundo continuava enigmático, velado e indescritível.

Sonha com o pai, o homenzinho minúsculo que nem era tão minúsculo assim. Descreve os detalhes desses sonhos recorrentes com uma jovialidade pungente, que faz lembrar os mangás japoneses. Tenta fugir, se afastar do pai e de todas as suas indiscrições, mas está condenado a repeti-las. O tempo dá a moldura; os rostos femininos se fundem uns nos outros. A mocinha namorada do pai, Felicity, e a mãe faladora num casaco cor-de-rosa. A Garota Chantagem, muito novinha, ambiciosa, esquiva. A esposa indo embora depois de trinta anos de casamento. Vêm, vão, voltam. Depois de um tempo, passamos a conhecê-las, as imagens densamente entretecidas numa prosa rápida, pródigas pitadas de poesia, monólogo e diálogo. Linguagem visceral de filme caseiro tremido.

Ama a esposa, mas não conseguem ficar juntos. Está fascinado pela Garota Chantagem que tem algo dele próprio, testando e avaliando as reações. Voltando em círculos no tempo, colide consigo mesmo quando era mais jovem, ingenuamente enlaçado com a Felicity do pai, figura trágica que parece um caramelo puxa-puxa, oscilando entre inocência e desejo.

Abriu a boca e vi bichinhos minúsculos fugindo: bichinhos presos dentro dela esse tempo todo. Fugiam como se algo fosse apanhá-los e arrastá-los de volta para a prisão. Podia senti-los pousando na minha cara e rastejando pelo meu cabelo, procurando um esconderijo. Toda vez que ela gritava, os bichos fugiam em pequenas nuvens de mosquitos minúsculos: dragõezinhos, peixes-voadores, cavalos sem cabeça.

Passa a vida cativado, atordoado, encantado por mulheres, atraído por elas, e no entanto sempre tentando escapar. Mas, no fundo, não se trata tanto das mulheres, e sim da essência mutável do narrador. Percorremos as curvas dessa mente prismática, desse coração cansado, não como uma confissão, mas pela honestidade vigorosa, pelo encanto em não se importar. Ele pode estar mudando, mas a verdade é que continua o mesmo, o menino fugitivo, o adolescente firmado, o adulto inquieto traído pelos músculos.

É um solitário que não quer ficar sozinho, debatendo-se com o íncubo, a ondulação de águas noturnas, a náusea de noites intermináveis. Há momentos incômodos de premonição, quando intui a futura fragmentação, chutando estoico os próprios cacos para abrir caminho. Simplesmente vai continuar a viver até morrer. Não importa se ele se apresenta a uma luz positiva ou negativa. O que importa é desenroscar as coisas, alisar as pontas amarrotadas.

Deponho o manuscrito na mesa. É bem ele, mais ou menos ele, nada a ver com ele. É uma entidade tentando sair, entender as coisas. Uma tênia que vem serpenteando desde o estômago, passa pela boca aberta, desce pelos lençóis e segue direto para o gélido infinito.

Agora você está viajando. O teu futuro está congelado. É rapidamente arremessado do vazio desconhecido para o mundo claro e brilhante.

Noto que a luz mudou, um crepúsculo brilhante que logo nos lança à noite. Levanto para examinar uma fotografia que Sam pregou, um pouco torta, num nicho por cima da pia da cozinha. Uma xamã desvairada com um aparelho de rádio cassete.

— Onde foi tirada?
— Em algum lugar no deserto de Sonora.
— É real?

Talvez, ele diz, mas, afinal, quem sabe o que é real. A realidade é superestimada. O que sobra são as palavras rabiscadas num panorama que se desdobra, vestígios de imagens poeirentas arrancadas à memória, um canto fúnebre de vozes desaparecidas vagueando pela planície americana. *Aqui de dentro* é um atlas se amalgamando, marcado pelos saltos das botas de um andarilho que trilha instintivamente, de olhos abertos, as distâncias de suas estradas misteriosas.

— *Patti Smith*

Aqui de dentro

Aqui de dentro

MATARAM ALGUMA COISA lá longe. Estão disputando. É. Se esganiçando. Soltando aqueles guinchos loucos deles enquanto rasgam a maciez. Está acordado — 5h05 da manhã. Um breu. Coiotes na distância. Deve ser. Está acordado, em todo caso. Olhando as vigas. Adaptando-se ao "lugar". Acordado, mesmo depois de um alprazolam inteiro, prevendo demoniozinhos — cavalos com cabeça de gente. Todos pequenos, como se em tamanho natural fossem grandes demais para abarcar. Os cachorros estão de prontidão, uivando na cozinha feito feras. Frio medonho, de novo. Neve azul mordiscando a beirada das janelas: cintilando ao que sobrou da lua cheia. Atira os cobertores de lado num floreio de toureiro e lança os joelhos ossudos para fora da cama, no ar cortante. Quase na mesma hora se senta reto, mãos apoiadas nas coxas. Tenta perceber a paisagem sempre mutante do corpo — onde ele reside? Em que parte? Espia as meias azuis bem grossas, surripiadas de algum set de filmagem. Parte de algum figurino — de algum personagem, esquecido faz tempo. Vêm e vão, esses personagens, como amores curtos e intensos: trailers — caminhões de lixo — burritos pela manhã — barracas de alimentação no estúdio —

falsas limusines — toalhas quentes — ligações às quatro da manhã. Quarenta e poucos anos disso. Demais. Difícil de acreditar. Vasto demais. Como cheguei aqui? O trailer de alumínio balança e sacode na ventania uivante. É um rosto jovem que lhe devolve o olhar num espelho vagabundo de 10 x 10, rodeado de lâmpadas nuas. Lá fora, estão filmando gafanhotos que caem em grandes cones rodopiantes lá do alto de um helicóptero alugado. Estão mesmo. No plano de fundo — o trigo de inverno, do tamanho de um polegar, forma ondas esvoaçantes.

    Agora, sentado na ponta do colchão firme, fitando as meias grossas azuis, o vapor branco da respiração se desfazendo no escuro da manhã, ele sabe que tudo virou verdade. Fica um bom tempo sentado ali — reto. Uma garça-azul-grande esperando uma rã aflorar.

    A casa não range; é de concreto. Lá fora gemem os álamos. Agora não sente frio. Passa-lhe pela cabeça que faz mais de dois anos que rompeu de repente com a última esposa. Uma mulher com quem ficou quase trinta anos junto. *Passa-lhe pela cabeça*. Imagens. A fonte? "Estou agora choramingando?", pergunta-se com voz de menino pequeno. De um menino ele se lembra, mas não é ele. Não este aqui, agora, tremendo nas meias azuis grossas.

Seis da manhã: O vento agora parou, depois de três dias seguidos soprando furioso do lado sul. Ar parado, muito mais quente. Casa ainda bem quente. Pensamento — hoje tenho exatamente um ano a mais do que o meu pai, quando morreu. Pensamento esquisito, como se fosse uma espécie de conquista em vez de pura sorte. Ou de obra do acaso. Tirando combinações de seda negra. Femininas. Estalos azul-elétrico de estática. Vejo o meu peito soltando faíscas. Tenho eletricidade em mim. Tome os vários comprimidos receitados pelo acupunturista. Enfileire todos eles. Cores. Formatos. Tamanhos. Não queira saber para o que servem. Apenas faça como lhe disseram. Alguém deve saber. Faça como lhe disseram. O primeiro raio de luz atravessa os pinheiros. Cachorros dormindo fundo no chão da cozinha, as patas de atravessado como se estivessem imobilizados num galope. Faço café num bule velho manchado. Jogo fora a borra de ontem. Camundongos roçando na grade de aquecimento, procurando calor. Pensando na razão de Nabokov para escrever — "*êxtase estético*" —, só isso —, "êxtase estético". Certo. Seja lá o que for.

O homenzinho minúsculo

DE MANHÃ CEDO: entregam o corpo do meu pai no porta-malas de um Mercury cupê 49, orvalho ainda denso nas luzes traseiras. O corpo está firmemente enrolado em plástico transparente, da cabeça aos pés. Amarrado com tiras de borracha cor de pele no pescoço, na cintura e nos tornozelos — estilo múmia. Ele ficou bem pequeno com o andar das coisas — talvez uns vinte centímetros de altura. Agora estou com ele na palma da mão. Peço a eles licença para desembrulhar a cabecinha, só para conferir se está morto mesmo. Autorizam. Todos estão de lado, mãos nas costas, cabeça baixa numa espécie de luto envergonhado, mas nada que se vá questionar. É bom manter esse lado afável. Além disso, agora parecem muito educados e pacientes.

    O Mercury está com o motor ligado num ronco profundo e penetrante que dá para sentir pelas solas dos sapatos. Retiro com cuidado as tiras de borracha e descubro o rosto, desprendendo bem devagar o filme plástico em cima do nariz. Faz um ruído abafado como o linóleo quando perde a cola. A boca se abre involuntariamente — alguma reação tardia do sistema nervoso, sem dúvida, mas tomo como um último respiro. Enfio o meu polegar dentro da boca e apalpo as gengivas ásperas. Pequenas ondulações onde antes eram os dentes. Tampouco tinha dentes em vida — a vida em que me lembro dele. Reembrulho a cabeça no envoltório de plástico, recoloco as tiras de borracha e estendo a mão para devolvê-lo, agradecendo a todos com um leve aceno da cabeça, procurando me manter à altura da solenidade das coisas. Eles o pegam com muito cuidado e põem de volta no porta-malas escuro, junto com as outras miniaturas. Há umas mulheres encolhidas, socadas nos dois lados dele, conservando todos os seus traços atraentes nos mínimos detalhes: os malares altos, as sobrancelhas depiladas, os cílios cheios de rímel azul, os cabelos lavados e penteados, um perfume de doce maduro. O corpinho minúsculo dele é o único totalmente virado para uma faixa de luz do sol. Quando fecham o porta-malas, a faixa se escurece, como se uma nuvem cobrisse o sol de repente.

Agora fazem um semicírculo em volta de mim, as mãos na cintura, com ar informal e, no entanto, formal. Não sei se são ex-fuzileiros navais ou mafiosos. Parecem uma mistura dos dois. Faço uma saudação a todos, um por um, girando em sentido anti-horário. Tenho a impressão de que alguns chegam a bater os calcanhares, ao estilo fascista, mas pode ser invenção minha. Não sei se começou a chover nesse instante ou se já fazia algum tempo que estava chovendo. Fico olhando enquanto vão embora debaixo de uma garoa fina.

É isso o que eu consigo lembrar. Junto com esses fragmentos vem uma estranha tristeza matinal, mas por quê, não sei dizer.

Felicity

EM OUTRA LÍNGUA, em outra época, o nome dela significava "felicidade", creio eu. "Felicity", acho que era — "Felicity" — é, era isso mesmo. Nunca tinha ouvido aquele nome antes — como que saído de um romance inglês. Novinha. Sardenta. Ruiva. Levemente gorducha. Adolescente. Sempre com vestidos simples de algodão que pareciam feitos em casa. Gritava feito um coelho preso na armadilha quando sentava de costas no pau do meu pai. Eu nunca tinha ouvido tanto êxtase e tanto horror, tudo ao mesmo tempo. Ouvia no quarto ao lado, olhando o teto. Tinha algo cheirando a eucalipto e vaselina. Não falavam. Eu ouviria. Mas não falavam. Tomei coragem para entrar lá, só entrar, aparecer e não dizer nada. Só ficar olhando como um menino zumbi — um menino que aparece saído do nada. O que podiam fazer? Olharem de volta. Me porem para fora? Se vestirem e me porem para fora? Eu sabia o que estavam fazendo. Sabia que era gostoso. Sabia que devia ser gostoso estar dentro de outra pessoa. Dentro, bem fundo, daquele jeito.

 Entrei e ali estava ela. A namorada do meu pai sentada bem reta — quase nua —, como se montasse um cavalo ao contrário. Nenhum dos dois me viu. Não se viraram para me ver. Ela continuou montada nele, gritando sem parar, subindo e descendo num frenesi. Ele estava deitado de costas numa mesa, olhando o teto, os braços dobrados embaixo da cabeça, como se estivesse tirando uma soneca ou ouvindo rádio. Movia os lábios, mas não saía som nenhum. Fui direto até eles, mas não se viraram para me ver. As roupas de baixo dela, cor-de-rosa, estavam no chão. Pareciam de uma mulher mais velha, talvez a mãe. Alguém começou a bater e esmurrar freneticamente a porta, mas nenhum dos dois deu qualquer atenção. Felicity continuou a gritar e a cavalgar. De vez em quando, ela se inclinava um pouco para frente, olhava para baixo e examinava atentamente a penetração, sem emoção. Estava com a boca escancarada e o cabelo grudado no suor da testa. As batidas e os murros continuavam. Fui até a porta e abri uma fresta. Eu estava de calção e camiseta. Era Mabel Hynes, a senhoria, do final do corredor. Estava parada ali com um pelado mexicano entre os braços balofos. O cachorro estava quieto, mas as orelhas erguidas atentas a cada grito. Quando vinha o grito, o cachorro gania.

— O que está havendo aí? Parece que estão matando alguém.

— Não, é só o meu pai.

— O seu pai? O que ele está fazendo?

— Se divertindo. Está com uma amiga.

— Se divertindo? Não me parece nada divertido.

— Na verdade, nunca vi ela antes. Essa garota.

— Bom, tudo bem, diga a ele que, se não diminuir logo esse barulho, vou chamar a polícia.

— Certo.
— Diga a ele.
— Certo.
— Já estou farta das besteiras dele.
— Sim, senhora.

Fechei a porta e passei o ferrolho. Felicity prosseguia, mas agora seus berros eram gritinhos curtos de misericórdia. O meu pai continuava quieto. Talvez ainda movesse os lábios. Ele sempre movia os lábios como se falasse com alguém invisível. Ainda pareciam não notar que eu estava ali. Pus o meu jeans e saí de fininho pela porta de trás, descalço.

Fazia frio quando cheguei lá fora. Começando a amanhecer. Atrás da pensão onde a gente morava havia um pátio ferroviário preto e comprido que ia para Stanley e Bingham. Diminuía e se dissolvia no neon faiscante e nos sinais do guarda-freios. Estavam carregando metais clandestinos que me disseram que iam para Los Alamos e Alamogordo. As cargas silvavam e bufavam durante a espera. Os cheiros de bolinho, vapor, pão na chapa e café se espalhavam pelo pátio detonado e se perdiam no imenso deserto escuro. Uns sujeitos calados suspendiam caixonas enormes com roldanas de ferro de um lado ao outro do cascalho. De vez em quando, um dos vultos resmungava ou acenava a cabeça, mas o mundo continuava enigmático, velado e indescritível.

Segui as regras de orientação geográfica que usaria andando ao longo de um rio calmo. Indo, manteria os trilhos à minha esquerda, voltando, ficaria com eles à minha direita. Usando os trilhos para me guiar, não tinha como me perder. Simples. Segui a longa serpente de ferro até as luzes comerciais do centro da cidade se reduzirem a pontinhos. O som dos meus passos aumentou. Lagartos e bichos miúdos fugiam em disparada. Eu procurava pisar só a areia lisa e fresca, mas gravetos de acácia e cacos de garrafa machucavam os meus pés descalços. Uns trechos macios de capim me davam alívio temporário até que algum espinho ou prego se cravava, e por fim tive de desistir. Os trilhos de ferro ainda guardavam o calor da véspera e voltei para a cidade saltando de dormente em dormente, na madeira alcatroada.

Reentrando no ninho de neon rosado e anúncios verdes de cerveja, procurei uma luz na janela do quarto que alugávamos. Imaginei vê-la de longe. Imaginei ver o meu pai fritando bacon, mas talvez não. Talvez eu estivesse inventando. Uma sólida vida de incertezas.

A pensão estava cercada de viaturas. Luzes azuis girando. A dona Mabel estava na varanda da entrada fiscalizando as atividades com o cachorrinho ganindo nos braços e um suéter jogado nos ombros contra o frio matinal. Tinha a cara séria de quem observa as consequências depois de um acidente na estrada. Felicity estava na calçada enrolada num lençol, batendo os dentes, soluçando, enquanto uma policial tentava firmar a parte de cima do lençol em volta dos seus peitos enormes. Escorria rímel roxo pelo rosto dela. A policial a levou até uma das viaturas, que saiu arrancando pneu e a sirene tocando. Uma mulher de casaco comprido cor-de-rosa berrava com o meu pai, que estava de calção, fumando um cigarro. Vieram dois policiais, um de cada lado, que o agarraram pelos cotovelos nus e então algemaram seus pulsos atrás das costas. A mulher de casaco cor-de-rosa continuava berrando coisas como "Seu canalha!" e "Seu nojento, filho da mãe!", enquanto os policiais punham o meu pai no banco de trás de outra viatura, protegendo a cabeça dele para não bater na moldura da porta. Achei o gesto bastante estranho, pois já estavam causando sérios danos ao caráter dele. Todas as viaturas saíram então em disparada com as sirenes tocando, seguindo o meu pai como se ele tivesse dado um tiro no presidente. A dona Mabel entrou com o cachorro e apagou a luz da varanda. A mulher de casaco comprido cor-de-rosa continuava gritando e andando em roda, revirando o fundo dos bolsos atrás de mais algum lenço de papel amarrotado. Movia os lábios. Estava falando com alguém a distância. Então se abaixou e tirou os sapatos de salto. Seguiu balançando com eles num dos dedos e se afastou em zigue-zague pela Trace Street.

Roxo que parece azul

VOCÊ SABE O QUE é isto, né? É o rímel azul. Por que dessa cor, então? Azul? Chorando? Chorando por quê? Você que provocou. Foi você, o tempo todo. Te falei — se meter com cara mais velho é procurar encrenca. Te falei e você não me acreditou, né? Por que então você foi comprar rímel azul? De propósito. Por que ficar bandeando por aí? É um cara mais velho. Te falei e você não me acreditou, né.

Castelos ao luar

ELA ME DEU O fora, essa última — não a Felicity — (depois penso num bom nome para ela), essa Garota novinha — por ora fica assim. Não "esposa" ou "esposas", por assim dizer, mas outra, supernovinha, para a minha idade, quero dizer. Uma parte em mim simplesmente não consegue acreditar. Bom, em todo caso, um belo dia de manhã lá estava ela, uma aparição dos anos 40, em posição de sentido com sua maleta de vinil vermelho pronta para ir embora. Assim, de uma hora para outra. Na cozinha, antes mesmo que eu tomasse um gole de café, ela me falou numa espécie de sussurro monótono que achava que estava "me conquistando". Foi a expressão que ela usou, como algo desvinculado de sua essência que estivesse de alguma forma me seduzindo não por vontade sua. Algum fantasma dela. Achei um pouco difícil de acreditar e comecei a revirar minha parca memória procurando alguma pista, alguma transgressão que eu tivesse cometido à mesa do café da manhã. Em todo caso, não levantei nenhuma grande objeção — quanto mais eu protestasse, mais decidida ela ficaria. Me falou que ia ver a tia em San Francisco. Alguma "tia" — ia pegar o avião naquela manhã mesmo. "Adios." Perdi a pouca compostura que conseguiria manter e perguntei por que essa partida súbita se nem tínhamos tido tempo de nos assentar. Me disse que tinha a ver com o fato de eu ter enxugado mais da metade de uma garrafa de mescal na noite anterior, inclusive a larva gosmenta, e ter mergulhado em longas associações incoerentes com casais suicidas do passado medieval, principalmente Heinrich von Kleist e sua jovem amante Henriette, nas margens de um enorme lago passando a noite suavemente aninhados enquanto a cidadezinha alemã lá longe dormia um sono profundo. Luz nenhuma. Só os vultos distantes de castelos ao luar. Talvez tudo isso fosse verdade. Seus imensos olhos castanhos mostravam plena convicção. Afinal, somos de épocas totalmente diferentes. O tempo nos isolou, sem sentir.

Súcubo

OUTRA MANHÃ, ANTES que essa Garota aparecesse, tinha alguma coisa aninhada no meu peito — enrodilhada feito gato, mas não era gato. Acordei bem devagar, com cuidado para não incomodar a criatura, quase nem respirando de medo que a coisa me pulasse na cara. Talvez uma espécie de fantasma ou — súcubo, é assim que dizem? Em todo caso, a Entidade que distribui destinos e pesadelos, Aquela Entidade. Feminina, claro. Enrodilhada como se ali fosse o lugar mais quente da casa, olhos na parede acima — olhos amarelos —, posando para alguém tirar um retrato dela com um iPhone, talvez. Tinha um sorriso largo e oblíquo como os daqueles demônios felinos num desenho do Goya que parecem fortuitos. Olhos negros, olhos mortos à Pacino. Não tive pânico, mas senti todos os sinais de alarme disparando dentro de mim. Pequenos choques elétricos nos ombros e ouvidos. Pinicando como brotoeja. Eu olhava seguindo a linha do meu nariz, sem mexer a cabeça. Não tentei encostar nem enxotar a criatura. Não queria nenhuma histeria súbita; nenhuma agitação que pudesse resultar em mordida ou arranhão acidental. Saía um som vibrante profundo da sua garganta, mas mesmo assim não se parecia com nenhum gato doméstico que eu conhecia. Lembrei-me de uma sequência rara de uma filmagem em preto e branco, rodada talvez nos anos 20, com o último demônio da Tasmânia capturado antes da extinção da espécie (extinguiu mesmo?), mas também não era igual a ele. Menor. Sem listra. Uma simples presença arisca que por acaso assumiu forma felina. Fiquei olhando um tempão, enquanto ela girava a cabeça devagar da esquerda para a direita, e então, imagino, se deu por satisfeita com o calor que eu emanava e saiu muito furtiva, como uma doninha, dissolvendo-se nos ângulos do corredor. Continuei deitado sem me mexer por algum tempo, sentindo correntes de ar gelado passando pelo quarto. Ouvi o estalido do termostato. Ficar imóvel parecia importante. Talvez eu tivesse virado pedra.

Diálogo Chantagem

— ANDEI GRAVANDO TODAS as nossas conversas pelo telefone, sabe, né?
— O quê?
— Todos esses anos. É, sim.
— Com um gravador, você diz? Que nem detetive?
— Bom...
— Faz quanto tempo? A gente não se conhece há tanto tempo assim.
— Um tempão.
— Meu Deus...
— Não precisa ficar com vergonha. São muito bonitas.
— Quem, o quê? Não...
— As conversas.
— O que você vai fazer com elas?
— Pôr num livro.
— Num livro?
— Meu.
— Teu?
— Meu.
— E eu?
— Tudo bem, a gente põe nosso nome junto, então.

— Não quero entrar nessa!
— Já mandei transcrever.
— Não!
— São lindas! Você disse umas coisas lindas nesses anos.
— Não disse, não. Não disse nada de lindo! Não disse nada que tenha qualquer importância.
— Disse, sim.
— E nem foram anos.
— Um ano, então.
— O quê, por exemplo?
— Todas as descrições da minha xoxota.
— Não!
— Todas as coisas sobre o teu pau.
— Não, não, não, não e não.
— Como fica duro, lateja, cheio de seiva por dentro.
— Escute aqui...
— A minha xoxota e o teu pau... lindo!
— Meu Deus... NÃO!
— Sim.
— Por quê? Quem ia se interessar?
— Um monte de gente.
— Não! Ninguém.
— Você disse que a minha xoxota parecia uma romã, por exemplo.
— Não, de jeito nenhum. Eu nunca disse isso!
— "Multifacetada", você falou.
— NÃO!
— Multifacetada e ubíqua.
— Ubíqua?

— Para sempre. Em todo lugar.
— Chega!
— Não...
— Chega disso!
— Minha xoxota é para sempre! Em todo lugar. Foi você que disse. Quer vir e eu te mostro?
— Mostra o quê?
— As conversas.
— Você tem tudo escrito? Impresso?
— Claro.
— Não.
— Não o quê?
— Não vou. Quero você longe de mim, o mais longe possível.
— Mas por quê?
— Tua idade, para começar. Aliás, quantos anos você tem?
— Sou bem nova.
— É, foi o que achei.
— Ninguém liga pra isso.
— Todo mundo liga. É ilegal.
— Por que você tem tanto medo de ferir a lei?
— *Você* é que devia ter medo da lei.
— Não fiz nada de errado.
— Ah, não? E plágio?
— Que é isso?
— Apresentar trabalho dos outros como se fosse teu.
— É nosso.
— Não é! Nem teu nem meu! Nem trabalho é. É conversa.

— Tem umas coisas lindas ali, uns momentos lindos.
— Nada ali é intencional.
— Às vezes as coisas mais lindas são puramente casuais.
— Nunca houve nenhuma intenção de gravar tudo aquilo, menos ainda de escrever! Isso é plágio. Puro e simples plágio.

Jogador de golfe famoso

ME PERGUNTO POR QUÊ, afinal, ela resolveu entrar nesse lance. Claro que deve ter passado algum tempo pensando. Planejando. Resolveu vir com essa. A ideia de que a nossa conversa à toa podia ter algum mérito — e até valor literário. A coisa toda era absurda. Por quê? Seria fácil falar em "ambição", mas será que ela achou mesmo que era fácil assim? Uma garota de dezenove anos? Como começou a bolar isso? Talvez o meu convite para ficar no quarto de hóspedes. Pode ter sido. Mal sabia eu. Quando eu tinha dezenove anos, tinha ambição, claro, mas queria ser um jogador de golfe famoso, não uma figura literária. Estava longe de querer a fama de um, sei lá, Arnold Palmer, Jack Nicklaus ou Gary Player ou algum dos dez melhores daquela época. Só queria estar na turnê profissional e ter uma chance. Ser um daqueles caras promissores que estão sempre ameaçando chegar "lá", mas que ainda não chegaram. Ótimo no *putter* e no *chipper*. (Sou conhecido pelo meu jogo curto.) O mundo literário estava muito, muito acima de mim. Mailer, Capote, Nabokov. Como começar uma conversa com esse povo? Não entendo nada de borboletas, de luta corpo a corpo, de boatarias lá do Sul. Talvez ela só quisesse se associar comigo.

Talvez achasse que podia dispensar todo o suor e a trabalheira e saltar direto para o bom da coisa: holofotes, Prêmios Tony, limusines com motoristas russos que não falam inglês. Não seria legal se bastasse querer ser famoso — como se tivesse um gênio às suas ordens? Pouco importaria a "condição artística" — se o cara tinha algo a "dizer" ou não —, se tinha um interesse pessoal, político ou outro qualquer. Um dia você cria fama e pronto. Olhe, tenho fama! Está vendo como eu brilho? Está vendo minhas lantejoulas? Não mereço, mas, afinal, quem merece?

Antropologia das antigas

ONTEM À NOITE ELE se debatia para acender o fogo, ajoelhado nos joelhos fracos. Ele lembra. Isso ele lembra. Acendendo com fósforo bolas de jornal velho, folhas amassadas de necrológios antigos do *New York Times* (de vez em quando ainda costumava mergulhar no caderno dominical). Pinho e cedro ardendo enquanto ela estava semideitada no sofá de couro com seus joelhos fortes despontando e percorrendo Android Genocide, Virtual Videos, Driverless Google Trucks, Collective Mind Particles, Dolphin Vision — coisas assim. Percorrendo vagamente todos eles juntos, emendados um no outro, numa espécie de tapeçaria de associações que o deixava desnorteado. Fez sinal com a cabeça, assentindo, fazendo de conta que acompanhava o fio de raciocínio dela enquanto olhava o fogo pegar no rosto de um antropólogo das antigas. Um cara que uma vez descobriu lá nos anos 60 uma tribo na Nova Guiné da qual nunca ninguém tinha ouvido falar — sem nenhuma influência europeia. Um povo nu, selvagem, correndo com lanças, atacando as tribos vizinhas — invadindo, pilhando, raptando, matando ao acaso. A descoberta aconteceu na época da Ofensiva do Tet, que então parecia ser a única questão realmente importante —

monges explodindo em chamas azuis, armas encostadas na cabeça, ondas alaranjadas de napalm irrompendo na selva. Então se conclui, em outros estudos desse cientista extinto, que a única e exclusiva motivação dos canibais era adquirir fêmeas jovens. *Garotas*. Era o que estava por trás de tudo aquilo. Garotas.

Em todo caso, eu não estava sugerindo que tentássemos um suicídio conjunto. Quase nem conheço a guria. Pegar duas armas e cada um estourar os miolos do outro. Ridículo.

Folha de papel em branco

POR FIM, MEIO AFOITO, falei que estava disposto a fazer um trato. Não me sentia tão velho, só parecia velho, falei a ela. Também parecia levemente ridículo com minhas meias grossas, admitia isso. Não fez nenhum gesto de reconhecimento. Continuou de cabeça baixa. Muda. Eu acabava de sair de um longo relacionamento que tinha empacado num impasse e agora, falei, negociação parecia uma coisa atraente. Ela podia pegar um avião para San Francisco e ir visitar aquela "tia" dela (quanto a isso eu não podia mesmo fazer nada), mas então, se ela resolvesse voltar, eu prometia parar com a viajação e me absteria por completo de qualquer menção a suicídios — conjuntos ou não. Mas não estava implorando. Ela falou que ia pensar, mas realmente estava indo. Assenti. Já estava pelas tampas.

— Tudo bem — falei. — É só isto que eu quero; é só isto que procuro: um pouco de consideração.

Ela quase sorriu.

— Só me faça uma gentileza e entregue o carro alugado na locadora no final da estrada. A gente se mantém em contato, com certeza.

De novo, nenhuma resposta. Não tentei nem lhe dar um beijinho paternal na testa. Ela saiu na neblina da manhãzinha num troço japonês de tração dianteira, parecendo pequenininha atrás do volante. Fui cuidar da vida, mas meio aturdido. As mãos tremiam. Me controlei e resisti à sensação que às vezes a solidão traz — largar tudo. Depois que ela partiu, fiz minhas coisas de sempre, mas continuava a enxergar os olhos dela na minha frente. Imensos olhos castanhos. Me servi de café na minha xícara favorita que num lado dizia "Weed, Califórnia" e, no outro, tinha um cavalo xucro vermelho. Sentei à mesinha mexicana, olhando lá fora os passarinhos comendo sementes de girassol com casca. Pardais ciscando e parando de repente, como que escutando alguma coisa que nunca tinham ouvido antes. De vez em quando, aparecia o gaio-azul enorme tomando conta do pedaço e todos os passarinhos pequenos saíam correndo, como aqueles aldeões desamparados de um filme do Kurosawa. Lembro que um dia de manhã perguntei a ela se já tinha ouvido falar em Kurosawa. Não, não tinha. Não me surpreendi.

Tratei de me recompor fazendo uns exercícios dos braços e ombros que aprendi com um diretor de teatro. O telefone tocou e era ela outra vez. Fiquei contente em ouvir aquela voz que parecia de menina. Estava na locadora e não conseguia encontrar a caixa para devolver a chave do carro. Imaginei ela ao lado da estrada, a chave pendendo de um dedo. Sua cintura. Ainda era cedo e a locadora estava fechada. Perguntei como ela ia de lá para o aeroporto e falou que um amigo ia pegá-la e levá-la.

— Um amigo? — perguntei.
— Ah, está aqui. Encontrei. Deixa pra lá.

Evidentemente tinha acabado de encontrar a caixa.

— Te ligo de San Francisco — falou e desligou.

Resolvi pegar o velho Tacoma vermelho para comer alguma coisa no Manny's Roadhouse e pegar uma carga de cedro seco para a grelha da cozinha. Gosto do vermelho do cedro e do cheiro que solta quando arde bem. Primeiro achei que a picape não queria pegar nesse frio inesperado, mas aí vi que não tinha pisado direito a embreagem. Um daqueles mecanismos de segurança que tem na partida caso você seja burro a ponto de querer ligar o carro com a marcha engatada. Deixei os cachorros irem passear por conta própria e peguei a estrada de terra congelada. Uns corvos estavam puxando as tripas de um coelho atropelado e pareciam muito relutantes em sair do caminho. Não diminuí a velocidade.

No Manny's, sentei na banqueta junto da parede turquesa bem no final do balcão, pois assim pelo menos não teria lugar para ninguém à minha direita. Gosto de ler em locais públicos, principalmente no café da manhã. É uma forma de me livrar das conversas fiadas com a pessoa ao lado e, ao mesmo tempo, de mergulhar num mundo de ficção. É uma forma de total libertação, na verdade. Pego o meu exemplar de *Sanatório sob o signo da clepsidra*, de Bruno Schulz — uma edição muito rara. Acho que a Garota pediu pela Amazon, pelo eBay ou coisa assim. Encadernado — cheio de ilustrações do próprio Bruno. Desenhos dele mesmo. Bruno era um judeuzinho polonês meio estranho com uma testa larguíssima, pelo jeito, a julgar pelos autorretratos. Professor que dava aulas de desenho e aritmética, mas também escrevia uma prosa excepcionalmente floreada nas horas livres — que não eram muitas, tendo de cuidar do irmão inválido durante a ocupação nazista. Um dos oficiais da Gestapo tinha tomado Bruno sob sua proteção ao descobrir seus talentos para o desenho. Em troca da proteção, ele contratou Schulz para desenhar figuras de contos folclóricos nas paredes do quarto do seu irmão mais novo: corridas na semana de Whitsuntide, espíritos das colheitas, fogueiras de Páscoa — coisas assim. Imagino que era uma prática usual entre os oficiais alemães, que mantinham certos judeus como lacaios caso mostrassem alguma habilidade especial: um código tácito da "Raça dos Senhores". Logo surgiram invejas e rivalidades entre os alemães, vendo quem dispunha do melhor judeu. Um oficial rival atirou com sua Luger na cabeça de Bruno, quando voltava para casa levando um pão para o irmão inválido.

Pedi um pedaço de torta de trigo mourisco com dose reforçada de mirtilo silvestre, uma fatia de bacon e café preto. Fui para o capítulo chamado "A fuga final do meu pai", em que Bruno descreve o seu finado pai metamorfoseado num escorpião.

"Iniciou-se uma nova era — vazia, sóbria e triste, como uma folha de papel em branco." (Schulz, depois que a irmã desapareceu no oceano em viagem para os Estados Unidos.)

Diálogo Chantagem #2

— VOU ENTÃO FINGIR que nem te conheço?
— Como assim?
— Que sou uma estranha... só parada, esperando?
— Esperando o quê?
— A minha vida começar.
— Não se faça de...
— De quê?
— Não se faça de esotérica e exorbitante.
— Exorbitante?
— É, tipo achar que sabe mais do que sabe.
— Não acho.
— Vamos simplificar. É só um encontro.
— Sobre o quê?
— Essas conversas, essas gravações que você fez.
— Você não acredita em mim, né?
— Quero ver elas.
— Conferir que aconteceram?
— Eu sei que aconteceram. Só quero ver quais você escolheu.
— Escolhi as melhores.
— As melhores?

— As melhores das melhores.
— Não tem nada tão bom assim.
— Bom pra quê?
— Bom o suficiente para um livro.
— Nem todas precisam ser geniais.
— Não é disso que estou falando.
— Acho que seria legal se a gente fingisse que não se conhecia.
— Impossível.
— Bom... até onde desse.
— Impossível.
— Para de repetir isso. Se a gente não tentar, nunca vai saber.
— Como se "tenta" não reconhecer alguém? Depois que a gente reconhece alguém, aquilo fica ali. O cabelo, o feitio do rosto, os maneirismos. Tudo fica imediatamente registrado.
— Talvez dê para desaprender algumas coisas.
— Como o quê?
— Sei lá... de repente tudo parece novo e diferente.
— Como assim? Como os maneirismos de alguém vão parecer diferentes?
— Talvez tenha tido um derrame ou algum acidente.
— Um acidente?
— De carro.
— Não... a pessoa por dentro continua a mesma.
— E uma cirurgia plástica?
— Cirurgia plástica?
— A pessoa toda enfaixada.

— Como *O homem dos olhos de raio-X*?
— Quem é esse?
— Ray Milland.
— Quem é esse?
— Deixa pra lá. Só com uma mudança física não dá para achar que é uma pessoa totalmente diferente da que você conhece.
— E por que não?
— Por exemplo, a questão da idade. Você passa um tempão enorme sem ver a pessoa. Ela perdeu todos os dentes. O cabelo. Anda toda encurvada. Manca de uma perna. Tremelica. Não consegue falar.
— Virou um caco.
— E você ainda sabe quem é. Pode demorar um pouco, mas você ainda sabe quem é, não sabe?

Outros estados

LÁ FORA, NO VASTO e ensolarado estacionamento do Manny, há alguns grupos de mulheres de meia-idade de outros lugares, outros estados como Indiana ou Iowa, usando capacetes de ciclismo pontudos e muito coloridos, com unhas cintilantes pintadas no maior capricho, ajustando as presilhas nos pedais, emborcando garrafas de plástico e bebendo avidamente a água com vitamina. Tudo brilhante e faiscante. Homens de certa idade, que parecem vestidos como uma das várias versões das caricaturas de Santa Fé de antigamente — passarinheiros, vaqueiros, pajés comanches, herboristas, etc. —, se espremem em Porsches conversíveis e Audis esportivos, ajustando os óculos escuros e conferindo as costeletas grisalhas e brilhantinadas no espelho retrovisor.

Pego o contorno cascalhado que leva para a Old Taos Trail, com vendedores oferecendo de tudo, desde estatuetas talhadas à serra até réplicas de corvos feitas com arame farpado enferrujado. Um homem vendendo tocos de cedro, empilhados em ordem na traseira do caminhão, quer cem dólares pela carga. Ele mesmo cortou toda a lenha. Vamos pegando os tocos e jogando às braçadas no chão da minha picape. O ar gelado cheira a pinho e cedro fresco. As Sangre de Cristo. Trabalhamos em silêncio. Ele está com luvas grossas de couro de burro manchadas de óleo e gasolina. O rosto fica escondido por um capuz com marcas de suor. Me pergunto se ele não está me xingando mentalmente em espanhol por ser um gringo. Os vapores da nossa respiração pesada se cruzam sobre a madeira de veios vermelhos.

Quando volto, os dois cachorros não estão mais lá. Nunca devia tê-los deixado vagueando soltos daquele jeito. Geralmente, depois de uma boa perseguição, eles ficam em volta da casa ofegando, mas dessa vez foram embora. Pego a picape e percorro a vizinhança variada, assobiando durante horas com a carga de cedro chacoalhando na traseira. Vou devagarinho com as janelas abaixadas para poderem me ouvir.

É um assobio agudo. Começo a achar que talvez seja eu, sozinho — meu assobio voltando —, assobiando para mim mesmo. Podia ser. Não seria esquisito? Patético. Ouço o assobio voltando, a cada vez um pouco mais fraco com a repetição. Frio, também — um frio medonho. Queixo e boca congelando. Entorpecidos. Encosto, fecho as janelas, ligo o aquecimento em 30 graus. Vem um bafo quente direto na minha cara. Não consigo encontrar o meio-termo entre escaldante e gelado no botão de regulagem. Enquanto fico tentando, olho Los Alamos na cordilheira distante do Jemez, o motor ligado, trechos de neve cintilando entre os juníperos.

Vejo dois homens num escritório da Casa Branca; um é alto e elegante com chapéu de feltro escuro e charuto —, o outro, baixo, comum, meio careca, de terno. É depois de 45. Talvez seja em 45. O *Enola Gay* já abriu as portas do compartimento de bombas e em silêncio soltou o Little Boy para nunca mais voltar. A Era Nuclear nasce numa faixa ofuscante de luz branca. O meu pai e todos os irmãos, em uniforme cáqui, rodeiam minha avó iroquesa. É a última chance de uma foto de grupo. Sorrisos radiantes — o heroísmo no ar enche o coração deles com um ardente orgulho americano. Só minha avó tem nos lábios um trejeito levemente melancólico. No fundo, uma macieira em flor, toda branca.

O homem de chapéu anda de um lado a outro, fumando o seu charuto, confessando-se ao baixinho careca sentado à mesa; acima dele, um retrato de Jefferson com o antigo futuro que se descortinava brilhante. O sujeito alto tem plena certeza de que o sujeitinho careca se solidariza e entenderá o seu drama moral. Está lhe dizendo que traz o "pecado" nas mãos, que conheceu pessoalmente o "pecado". Move os lábios. Dá para ver. Dá para saber pelo ricto vergonhoso do rosto dele que é a palavra "pecado" que está usando. Judeu nova-iorquino, criado numa escola de ética, casado com uma comunista, envolvido com o budismo, e aí está ele usando a palavra "pecado", clara como o dia. Dá para ver! O baixote ruboriza enquanto se levanta devagar da poltrona de couro. Chama o sujeito alto de "maricas", que enxota sem cerimônia do escritório, com ordens de nunca mais voltar.

Agora um ronco me atravessa. O meu pai está voando à meia-noite sob o radar nazista num gigantesco B-17 — a infame Flying Fortress. O copiloto está ao lado, impassível. Os outros tripulantes são um técnico, um artilheiro ventral e um bombardeiro. Todos vêm da mesma cidadezinha de

McHenry, onde os seus respectivos pais se dedicam a plantar o trigo de inverno, do tamanho de um polegar. Todos usam jaqueta de couro igual, com a gola de pele erguida. Com uma lâmina, encaixam nas mangas réplicas de bombas em miniatura, tingidas de vermelho com iodo. Há oito filas de bombas vermelhas em miniatura. O B-17 mantém uma baixa altura suicida sobre os campos petrolíferos romenos de Hitler. A noite está um breu. Começam a bombardear maciçamente áreas de quilômetros de combustível. Chamas alaranjadas gigantescas se erguem atrás delas.

Continuo a procurar os cachorros, zanzando por estradinhas congeladas, passando por cavalos esqueléticos de cascos nus rachados no gelo. O meu assobio agora sai como o sopro falho de uma chaleira.

Voltei porque

A GAROTA CHANTAGEM estava sentada ali. Na sala. Sentada na beirada do sofá de couro. Pernas bem juntas. Costas retas. Mãos dobradas no colo, como uma mocinha da roça esperando o ônibus para a cidade. Na verdade, estava tão imóvel que passei por ela várias vezes sem nem notar. Daquele jeito que a gente anda quando os pensamentos tomam conta e o corpo fica entregue a si mesmo, ao seu nervosismo entediado. A gente nem percebe que está andando na própria casa. Foi então que a vi e estanquei, como quando a gente não entende direito o que está vendo — não falei nada. Ela falou primeiro. Falou sem me olhar. Ficou olhando os sapatos ou o chão entre eles. Não lembro qual dos dois.

— Quero conversar com você — começou ela. — Voltei porque quero te perguntar umas coisas. Não quero te assustar. Não quero te assustar, de jeito nenhum. O que eu quero saber... bom, em primeiro lugar, em primeiro lugar, o óbvio.

— Que óbvio?

— O óbvio, que você sente atração por mim. Não é? Bom, se é só porque sou muito mais nova do que você, ou se é porque sou mulher e sou jovem, ou...

— Mulher e jovem... isso. É isso, as duas coisas, e inteligente.
— Inteligente?
— Bom... não tapada.
— Não, tapada não. Nunca. Mas o que foi toda aquela...
— Aquela o quê?
— Aquela... bebedeira. Aquele... aquele show de valentia.
— Show de valentia? O quê?
— A bravata suicida.
— Não era bravata! Não se faz bravata de suicídio. Não há nenhuma bravata em...
— Então o que era?
— Só achei que você podia se interessar.
— Pelo quê?
— Pela forma como duas pessoas com atração romântica podiam concordar em...
— Com atração romântica?
— É.
— Mas nós não...
— Nós não, eles. *Eles* tinham. Não nós. As vítimas.
— Que vítimas?
— Nunca sequer ficamos pelados juntos. E você nunca me viu nu.
— Não!
— Nunca nos beijamos. Nunca nos pegamos.
— Não! Bom...
— Aquela vez...
— É.
— Mas aquilo foi por acaso.

— Você queria ver...
— Eu não!
— Bom, não vamos nos desviar...
— Simplesmente não é verdade!
— A questão é...
— Qual é a questão?
— A questão é...
Havia um empenho em procurar a "questão". Como se estivesse voando pelo ar, zumbindo, e nós dois esperando que pousasse. Nos cantos escuros da lareira ainda ardiam carvões do fogo da noite anterior.
— A questão é que, acho, nunca vai ter uma consumação sexual disso. Vai? — falou ela.
— Disso o quê?
— Dê o nome que quiser. E se tivesse, se fosse ter, provavelmente ia ser uma decepção para nós dois.
— Decepção? Em que sentido?
— Não naquele sentido. Não estou dizendo...
— O quê?
— Sexual. Não estou dizendo sexual.
— Você quer dizer decepção sexual.
— Não. Não ia ser, acho que não.
— Não.
— Então por que a gente não tenta?
— Não!
Ela levantou rápido e foi até a janela que dava para uns cactos mortos e um campo velho de bocha com matos amarelos cobrindo os cantos. Pôs as mãos no rosto. Nada de ir até ela, de abraçá-la — de tentar consolar —, como faz quem é casado.

— Voltei para te perguntar uma coisa.
— Tudo bem...
— Você acha que daria...
— Daria o quê?
— Daria para ter uma... troca?
— Não é o que estamos tendo?
— Não estou dizendo...
— O quê?
— Quero dizer... trocar ideias.
— Dá, claro...
— Quero dizer, ideias que signifiquem alguma coisa. Que levem a algum lugar.
— Aonde?
— Não sei...

Dessa vez, estava com as mãos caídas ao longo do corpo e então cruzou os braços e olhou pela mesma janela, para nada. Não que não tivesse nada lá fora. Era o olhar dela que estava vazio, sem ver. E não que ela estivesse vendo internamente, só não estava vendo nada. Uma espécie de cegueira com os olhos abertos.

— Você não sente falta da tua mulher? — lançou ela de repente.

A pergunta me pegou de surpresa, claro. Ela estava contente em tirar aquilo do peito, imagino, mesmo que não se virasse para me olhar. Demorei um pouco. Sentei no sofá onde ela já tinha deixado uma cavidade escura e morna no couro e fiquei olhando fixamente um dos carvões em brasa já se apagando.

— Claro que sinto.

— Você nunca fala dela.
— Não. Ia falar o quê?
— Quer dizer... o que foi que aconteceu? Aqueles anos todos e aí de repente...
— Então, me diga... e aquela sua ideia, aquela troca que você estava dizendo?
— O que tem ela?
— Bom... o que quer dizer? No que você estava pensando?
— O que eu pensei foi que devia ter essa correnteza de ideias nadando entre as pessoas. Esse mar, se você quiser. Ideias conhecidas e desconhecidas. As duas. Entrando e saindo um do outro. Se alimentando um do outro. Nós dois. Campos, por assim dizer. Simbiose, talvez.
— E daí?
— Devem ter relação.
— Por quê?
— Porque é tudo humano. Mente, espaço, imaginação, entende?
— Você está inventando histórias.
Ela se virou para mim. Parecia chocada.
— Você parece chocada.
— Estou chocada... chocada por você achar que estou mentindo.
— Mentindo, não. Não falei mentindo. Falei "inventando histórias".
— Histórias?
— Coisas. Ideias. "Ideias nadando."
— Não estou!

— Talvez não perceba. Tenho certeza que não percebe.
— Não percebo o quê?
— As invenções. Você mesma. As tramas da tua própria imaginação.
— Oh!

Ela exclamou o "oh" como se aquilo fosse tão insultante que ultrapassava sua compreensão. Me deu as costas outra vez e foi tão grande a vontade de sair correndo que precisou se conter e resistir. Não sabia mais o que estava fazendo. Por que tinha voltado. O que era tudo isso. Todos os "assuntos" pareciam ter se esgotado.

— Não sei o que estou fazendo aqui.
— Também não sei o que você está fazendo aqui.
— Achei que eu sabia.
— Se convenceu que tínhamos alguma coisa em comum.
— Não temos?
— O que aconteceu? Teu amigo te levou até o aeroporto e aí você fez ele dar meia-volta e dirigir cem quilômetros de volta? Isso tudo dá uma viagem inteira de duzentos quilômetros. Você se abalou duzentos quilômetros só pra voltar aqui e... o que ele disse? Perguntou por que você mudou de ideia ou se mudou de ânimo ou... o que passou pela cabeça *dele*? O que passou pela tua cabeça?
— Eu estava decidida a chegar no fundo disso.
— Disso o quê?
— Dessa coisa, seja o que for... dessa coisa que aproximou a gente. Não ia fugir dela.
— Então foi isso? A "tia em San Francisco"?... fugir. Foi isso?

— Não! — gritou ela, e me deu as costas de novo.
O silêncio cresceu.
— Olha — falei depois de muito tempo. — Olha... também não sei o que estou fazendo aqui. As coisas aconteceram, só isso... explodiram. Agora estou vendo coisas.
— Vendo coisas?
— É. O meu pai, por exemplo. Vejo o meu pai em tudo. Ele simplesmente aparece. Às vezes em miniatura. Vejo o meu pai quando ando, quando assobio. Vejo ele voando de avião. Bombardeando aldeias. Chamas lá embaixo. Assim, a troco de nada.
— Chamas? — perguntou ela, como se a palavra enchesse seus olhos de cinzas.
— Mas não é incrível? Que nós dois podíamos estar com o mesmo tipo de problema, sem saber?
— Você diz, sem saber coletivamente ou...
— Sem saber, só isso.
— O que mais você vê?
— Coisas. Bichos. Gárgulas, acho. Coisas viscosas.
— Demônios?
— Sentados no meu peito de manhã.
— Ah, meu Deus.
— Me encarando.
— Você está pior do que eu pensava.
— Se quiser, pode usar o meu quarto de hóspedes outra vez. Quer dizer, pode continuar a usar. Não lavei as toalhas.
— Posso pernoitar.
— O que mais você vai fazer?
Ela não respondeu. Saí da sala. Não conseguia aguentar.

Fiquei ouvindo os movimentos dela, mas não houve nenhum. Nessa hora, me arrependi de ter parado de fumar. Fumaria um ou dois cigarros. Olhei os frascos plásticos de comprimidos na bancada de pedra do banheiro. Remédio do coração. Vitaminas. Inaladores. Creme pós-barba. Navalhas. Ouvi umas folhinhas voando e batendo na tela da janela, estalando, como se conversassem. Um vizinho, longe, chamando o filho. Ela entrou atrás de mim e ligou a água da banheira. Foi a primeira coisa que fez. Do nada. A torneira de água quente, no máximo. Se debruçou por cima da banheira e pegou a caixa de sais de Epsom, como se já tivesse feito tudo isso outras vezes. Despejou pelo menos metade do conteúdo na água soltando vapor. Pôs a caixa de volta e começou a falar manso comigo enquanto tirava a roupa. Eu via tudo isso pelo espelho do armarinho de remédios, como se tivesse olhos na nuca.

— Decidi voltar logo depois de deixar as chaves na caixa da locadora. Estacionei o Honda, pus as chaves ali e então voltei para a estrada. Não cheguei a ligar pro meu amigo.

— Então você deve ter pegado carona ou caminhado com seus próprios pezinhos.

— As duas coisas. Peguei uma carona curta com um mexicano transportando madeira.

— Ficou ensaiando o que ia me dizer?

Não usava sutiã. Tinha aqueles mamilos firmes e salientes de adolescente, mas quase sem busto nenhum. Tirou a calcinha preta e testou a água. Tinha a xoxota toda raspada, afora um tufinho de pelos pretos. Fiquei observando enquanto ela submergia devagar: as mãos segurando as bordas, a boca aberta. Lábios imóveis. Sentou no montinho de sais de Epsom se dissolvendo, achatando-o. Não fazia som nenhum. Inclinou a cabeça para trás contra a banheira e então se afundou totalmente, de olhos fechados. As mãos se juntaram devagar por cima da xoxota e a água quente continuava a jorrar, num gorgolejo surdo. Saí antes que ela tivesse chance de voltar à superfície e abrir os olhos. Saí para procurar outra vez os cachorros. Agora que estava com os lábios aquecidos, talvez conseguisse assobiar melhor.

Talvez ela de fato tenha notado algo. Algo que me escapou por completo. Algo entre as linhas, caído entre as fendas. Talvez haja uma história não contada sendo contada à nossa revelia. Nesse caso, devo me afastar por consideração? E lhe dar a "autoria" completa, se é o que ela quer. É o que ela quer? Quem sabe? Se me escapou — se me escapou, então é outra coisa totalmente diferente. É só um simples "não ver", é isso que é. Essas "conversas", como ela diz — trocas de ideias — pensamentos —, o que for — são só a base de toda uma tapeçaria de experiências. Minhas trocas com ela, as trocas dela comigo são, na verdade, formas de investigação. Como a verdade mais refulgente ia me escapar? Se é que foi isso mesmo. Se é que é isso mesmo, assim seja, como dizem na Bíblia do Rei Jaime: "Assim seja." Mas se foi só uma maneira de "chegar" nela, de atrair a atenção dela, de fazer com que se interessasse por "mim" e não tanto pelo que eu estava falando — e do que eu estava falando? Tinha a ver, pelo que me lembro, com a posição dela sobre as vantagens da tecnologia alternativa e a minha, que era apenas uma paixão do século XX pela existência empírica. A gente estava falando o que vinha na cabeça, pelo menos eu. Sem chegar a lugar nenhum, como meu tio costumava dizer. O que espanta é que ela achasse que tinha algum valor naquilo ali. Eu achava que a gente estava se conhecendo, e só. Era isso que era. Era algo mais?

BERLIM, novembro de 1811

"DIRIGIRAM-SE À TAVERNA em Wilhelmstadt, entre Berlim e Potsdam, perto do Lago Sagrado. Durante uma noite e um dia prepararam-se para a morte, rezando, cantando, bebendo várias garrafas de vinho e de rum e, por último, tomando cerca de dezesseis xícaras de café............ Feito isso, dirigiram-se às margens do Lago Sagrado, onde se sentaram um diante do outro. Heinrich von Kleist pegou uma pistola carregada e deu um tiro no coração de Madame Henriette Vogel, que caiu morta; então, recarregou a pistola e se deu um tiro na cabeça."

Henriette Vogel

ME PERGUNTO COMO era realmente Henriette Vogel. Foi a primeira coisa que pensei. Doente, com câncer no útero em fase terminal, não era a primeira mulher a quem Kleist pedia que morresse com ele, mas foi a primeira a concordar. Era bonita? Cabelo cacheado? Botinas altas de cadarço. Camadas de saias engomadas. O meu assobio retorna. Sobrevoando os juníperos. Entro agachado no chaparral coberto de geada. Me pergunto se as "cartas de despedida" foram recuperadas. Henriette e Heinrich, cada um sentado na frente do outro à luz cremosa da vela, escrevendo com pena de ganso. Um passaria a carta para o outro? Passaria a pena? Como a gente se despede para sempre de alguém sentado bem à nossa frente? Como a gente escreve da terra dos mortos ainda estando em vida? Como ele conseguiu que ela concordasse, isso é o que quero saber. Bom, ela já estava morrendo, mas — como ela tinha tanta certeza de que ele ia estourar seus miolos depois que ela estourasse os dela? Por que não fizeram algum tipo de pacto de simultaneidade? Os dois cada um com uma pistola na própria testa, ou os dois cada um com a pistola na testa do outro. O que o impedia de lavar as mãos de toda aquela confusão? De levantar de um salto depois de atirar nela e sair dali para viver mais um pouco. Afinal, ele tinha apenas trinta e quatro anos. Muita seiva ainda. Por que não mudaria de ideia ao sentir o sangue quente dela espirrando na cara dele depois de apertar o gatilho? Depois de ver o crânio explodir com o impacto? Depois de perceber que a coisa agora estava acontecendo de fato e não era uma simples ideia, um ponto de vista filosófico, um gesto político de escarnecer da sociedade; só mais uma eterna ruminação. Sério, como ele a convenceu? Decerto não foi no primeiro encontro. Talvez a ideia dele tenha vindo aos poucos, ou talvez a ideia até fosse dela. Talvez ela tivesse mais vontade de morrer do que ele. Talvez tenha sido isso que, em primeiro lugar, atraiu um ao outro. Eram feitos um para o outro. Era destino.

Tapetes pegajosos

ELE AGORA ESTÁ de pé. Cambaleando. Indo num leve zigue-zague até o banheiro escuro. Se pergunta se vai conseguir. Se pergunta se vai chegar até lá ou se vão encontrá-lo caído no azulejo mexicano. Ultimamente tem tido espasmos, fisgadas na barriga das pernas e nos pés — uns choques elétricos estranhos no pescoço. Talvez não seja nada. Como chamam isso? "Dor funcional" — é isso. "Funcional." Não significa nada. "Não acenda nenhuma luz, você conhece o caminho. Você conhece essa casa. Essa aqui." Teve uma manhã em que ele confundiu a casa com um daqueles quartos de motel na Highway 40 West, adiante de Little Rock. Um daqueles quartinhos em que a gente dorme com a roupa do corpo por causa da cara meio suspeita dos lençóis. Os tapetes são pegajosos, então você está de meias, as meias azuis grossas. Uma luz neon amarela passa pelo papel de parede estampado. Imagens desbotadas do *Mayflower* enfrentando ondas gigantescas do Atlântico. Uma mesa de madeira laminada na qual, ao se sentar, nunca prestou atenção. Rabiscos feitos a canivete. Marcas de vinho barato derramado ou de vômito — não dá para saber. Manchas. (Esses sinais muitas vezes enganam.) Apoia a mão na superfície ondulada imitando barro cru acima da privada e mija. Só deixa o mijo sair devagar, se curvando um pouco, olhando a água girando num torvelinho em sentido horário. A urina fede por alguma razão. Um cheiro forte, rançoso, de cenoura estragada. Você acha que, não bebendo, não seria o caso, mas é. Um fedor bem nítido. Talvez os aspargos de ontem à noite. Aspargos e peras. Pode ser. Sai do banheiro arrastando os pés com as meias azuis grossas, segue o corredor, entra na cozinha e enxota os dois cachorros. Cachorros grandes, fortes. Feios, se a gente não tiver boa vontade. Disparam pela porta, rosnando e escorregando no gelo, um se batendo no outro como jogadores de hóquei, e somem entre os juníperos escuros. Perceberam alguma coisa. Alguma coisa que não se vê. Talvez a luz da manhã de outros tempos. Cães de corrida, galgos mestiços de pastor — coelhos saltando fora das touceiras úmidas de capim do brejo. Um zumbido baixo de trânsito, lá longe — ecoando pelos riachos de preservação ambiental para patos silvestres, garças-brancas e grous-canadenses.

    A família dorme. Cada um numa posição. Sonhando. Ainda está escuro e com neblina suficiente para as luzes alaranjadas do Golden Gate brilharem com intensidade. Suficiente para achar que essa hora podia durar para sempre. A baía toda se encrespa ameaçadora com suas contracorrentes silenciosas. Só esperando. Não é mais um menino.

Malhado

OS CACHORROS CORREM junto com o gado. Se entrançando. Focinhos rente ao chão, seguindo um cheiro. Pequenas fogueiras espalhadas ao acaso no espaço aberto. Um potro bem pequeno — malhado e de olhos azuis — me escolheu na cidade e me seguiu até aqui. Veio correndo como se me conhecesse. Estou muito magro, queimado de sol, descalço, talvez uns treze anos. Visto uma camiseta apertada que mostra as costelas salientes. Esse potrinho (não é pônei) parece um cachorro pelas mostras de afeição que dá. Me olha de frente com uma pergunta muda. Não sei se está com fome ou não. Não parece que está atrás de comida. É bem fortinho. Castanho-claro com manchas brancas irregulares, feito um pintado. Faz um calor tremendo e o sol mal acaba de nascer. De repente tem gente de todo lado. Todos parecem cheios de energia e com alguma meta — decididos. Vão fazer alguma coisa. Todas as garotas me conhecem, como se eu fosse irmão delas. Vão todos de fogueira em fogueira com trouxas de roupa, como que se preparando para viajar. Ninguém está triste. Ninguém se lamenta. (Em geral fico inexplicavelmente triste quando me preparo para viajar.) Todo mundo é jovem — menos de trinta. Não tem música.

Não tem conversa. Um acordo tácito do qual pareço excluído. Os morros em volta são desolados e tudo faz lembrar o centro de Dakota do Sul, perto de Kadoka. Nenhuma ameaça ao redor. Somos só nós. O gado preto marca a paisagem e avança entre a fumaça, passando pelas fogueiras. Nenhum mugido de bezerro. Nenhuma cerca. Nenhum arame. Estamos todos indo juntos para algum lugar. Me sinto mais forte do que nunca.

Ventiladores esquisitos

O QUE EU CONSIGO mesmo lembrar é isto: meu pai, cutucando metodicamente as cicatrizes dos estilhaços de metralha na nuca. Um olhar hipnotizado. Fitando muito longe. Talvez o passado. Talvez a guerra. Talvez. Ele, com uma caneca de alumínio com café preto, de pé no meio de uma plantação de abacateiros. O café fumegando na luz da manhã. Irrigação. Fumigadores. Ventiladores esquisitos. Ele, no desjejum com uma bolinha de papel higiênico no queixo onde se cortou fazendo a barba. Uma mancha vermelha molhando o papel. Ele, lendo em silêncio García Lorca em espanhol. Cervantes. Os lábios se mexendo de leve. De novo. Um transe. Ele, tocando bateria — um jogo de bateria que encontrou numa casa de penhores. Bateria que inventou. Baixo Slingerland, sem verniz. Ele, tocando Wilbur de Paris sem parar num 78 rotações. Os cachimbos num suporte circular de baquelita, marcas brancas da pressão dos dentes em todos os bocais pretos. Caixas de Old Gold. Embalagens de seis latinhas de Hamm. Ele, aquecendo o motor do Kaiser-Frazer como se estivesse para sair em missão de reconhecimento.

Eram os anos 50 — Eisenhower construindo suas estradas. Os Estados Unidos iniciavam um novo caminho refulgente. Emocionante! A Grande Guerra tinha acabado. Os homens voltavam para casa. As mulheres estavam todas de braços abertos.

Felicity ao contrário

O LANCE DE FELICITY é que ela parecia o contrário com seu vestido de algodão branco e as pernas bronzeadas, as sandálias de verniz preto e a bolsa combinando, o contrário dela nua gritando que lembrei naquela outra manhã, sacudindo o cabelo ruivo. Abandono. Agora, aqui estava ela com rabo de cavalo, de pé, muito reta, na nossa varanda da entrada com os braços cruzados de um jeito estranho, a bolsa balançando, perguntando se o meu pai estava em casa. Falei que ele ainda estava no trabalho, na fazenda de confinamento de gado, mas que, se quisesse, podia entrar e esperar. Então ela entrou e fui ficando nervoso e tremendo com ela sentada na ponta de uma cadeira de vime de encosto reto, enquanto eu pegava chá gelado na geladeira, punha num caneco de vidro e levava para ela com cubos de gelo chacoalhando e o chá esparramando pela borda. (Era outra casa, não a pensão. Retirada no campo, mas Felicity deu um jeito de encontrar, localizou a gente.) Quando estendi o chá, ela pôs a bolsinha preta no chão e apoiou o caneco de vidro nos joelhos e então me sorriu com súbita alegria.

Fiquei tão nervoso que tive de sair e dar uma volta. O tempo todo que passei lá fora fiquei imaginando ela sentada na cadeira de vime, sozinha com o chá gelado apoiado nos joelhos e olhando em torno a casa nova e estranha — digo nova para nós — diferente —, coisas diferentes na parede que não eram nossas, gravuras baratas de lúcios e áreas de extração de madeira e lugares que não tinham nada a ver com o lugar onde a gente estava agora. Senti falta do ventilador preto na cozinha enquanto rodeava os trechos de acácias espinhentas, contornando latas de feijão velhas. Era amistosa essa rotação em sentido anti-horário. O sol agora batia forte e continuei a ver tudo aquilo na minha cabeça: o ventiladorzinho soprando na nuca de Felicity, fiapos de cabelo ruivo esticados ao vento. Imaginei ela sentada lá, reta, de costas para mim e o caneco de vidro derramando água pelas pernas, fios de vapor gelado descendo pelas panturrilhas. Achei que talvez devesse me aproximar da casa e espiar pela janela dos fundos para ver se ela ainda estava sentada lá ou se tinha levantado para percorrer os quartos (eram só três), tentando ver se reconhecia alguma das nossas coisas da pensão, como o pote de barbear do meu pai ou meu acordeão lascado. Quando cheguei perto da janela, me senti feito um espião ou alguém espreitando a casa de outra pessoa e xeretando para ver se havia alguma coisa que valesse a pena roubar. Um intrometido. Não consegui ver Felicity em lugar nenhum. A cadeira de vime estava vazia. O ventiladorzinho preto girava e soprava na sala vazia. Quase dava para sentir as lufadas de vento. Dei a volta de mansinho até a janela do quarto e vi Felicity dando pulos no colchão do meu pai, estendido no chão. Não tinha lençol nem coberta e as manchas escuras de café faziam forte contraste com o vestido dela. Parecia feliz — rindo em silêncio, com um braço por cima da cabeça, inclinando o caneco, o chá se espalhando nos ombros e no colchão nu. Virou o caneco inteiro e despejou o chá pela cabeça toda. Chutou longe as sandálias pretas e ficou pulando, e então atirou o caneco de vidro na parede. Não quebrou, só ricocheteou no painel e foi rolando até o canto. Rodopiando. Ela parou de rir. Parou de pular e só ficou ali, olhando a parede. O caneco de vidro girou e parou. Ela não se mexeu. Eu também não. Ela não fazia ideia de que eu fitava sua nuca molhada.

Mães sabem das coisas

VOCÊ NÃO ENTENDE? Não entendo por que você não entende. Se comporta desse jeito e quer que tudo seja normal? Digo, com ele. Como você faz uma coisa dessas? Vai, compra maquiagem e se comporta assim. Bem na frente dele. O que você esperava?

Lampiões

UMA VEZ PERGUNTEI a Felicity sobre o meu pai. Ela estava lá outra vez, à espera dele. Sentada na cadeira de vime com a bolsinha preta e as sandálias empoeiradas. Dessa vez com uma saia cor-de-rosa de babados. (Acho que para ficar com ar mais inocente.)

Perguntei se alguma vez eles falavam, e ela me disse que geralmente ele era mais do tipo caladão. Era uma das coisas de que ela gostava nele, o silêncio. "*Alguma vez* ele falou? Ou só moveu os lábios?", perguntei. "Uma vez", disse ela. "Ele falou em desaparecer — como tudo estava desaparecendo. Que costumava ter fogueiras por todo lado, gente correndo com tochas. Rindo. A noite ficava cheia de fagulhas. Cantorias. Crianças correndo e gritando de alegria. Casais de namorados pulando fogueira, de mãos dadas. As chamas chegavam até as estrelas." "Quando foi isso?", perguntei. "Antigamente, ele me falou. Nos velhos tempos, antes de tirarem eletricidade da terra, imagino. Tinha lampiões nas estradas de terra."

Algo na voz dela me hipnotizou, mesmo com aquela idade. Algo como uma mão afagando minha cabeça. Vi cavalos adormecerem assim, só de passar a mão de leve nos olhos, nas pestanas deles. É como se faz. Pensei — E se o meu pai soubesse o que eu estava pensando? O que estava se passando? E se ele soubesse que eu estava gostando dela? Eu ainda nem sabia que era isso. Gostar. Era como água morna escorrendo pelas minhas costas.

Olho inchado

AGORA ELA ESTÁ DE pé com um vestido de cetim branco colado no corpo. Está sem nada por baixo. Esse vestido tem um brilho branco-perolado, quase azulado. Cintilante. Luminescente. Vai até o chão e cai em volta dos pés como uma estátua grega. O corpo é jovem. O rosto, não, e nunca me olha diretamente. Parece não me reconhecer, embora eu saiba que estou com ela faz anos. Está com o olho direito estalado e vermelho de inchado. Tem quase o triplo do tamanho do outro. Estou na frente dela com calção verde, segurando no peito uma trouxa de toalhas sujas. Pergunto onde fica a lavanderia, mas ela aparenta não saber. Parece perdida e não entende por que faço essa pergunta prosaica. Fica de pé ali virando a cabeça de um lado e de outro, examinando mecanicamente o espaço. No vaivém da cabeça, o olho inchado passa e observa atento, procurando desesperadamente me reconhecer, sem nunca conseguir.

O vento agora sopra mais forte nas montanhas. As Sangre de Cristo. Copinhos de isopor, poeira e fragmentos de metal voando pela estrada. Os juníperos e ericamérias resistem estoicos, mas agitando as pontas como se já estivessem prestes a ser arrancados a qualquer instante. O campinho de golfe de grama sintética não dá o menor sinal da ventania chegando. Pequenos números em varetas de aço levando até copos de plástico branco. Gente indo à igreja com esse tempo, segurando o chapéu, ajudando os idosos a saírem do carro, protegendo os bebês do sol. "Jesus amado, não deixe que isso dure para sempre."

Ruminação da Garota Chantagem

TALVEZ AS INTENÇÕES dela fossem completamente diferentes quando começou. Só queria registrar as minhas inflexões — nas quais eu punha a tônica — sem qualquer ideia de plágio. Ouvindo a "voz", ela descobria a essência. Podia ter descoberto algo que o falante não percebia, e nesse caso até podia se dizer a "autora" — a pessoa que sabe algo mais do que o próprio falante. Que localiza algo por contraste e dissonância. Que ali por baixo descobre o escritor não descoberto. Talvez seja isso. Ela acha que sabe algo sobre mim que nem eu mesmo sei. Ela me conhece melhor do que eu mesmo. É possível. É plenamente possível que ela tenha ouvido algo. Algum tipo de cadência rimada. Grego ou — mongol — ou algo totalmente estranho e inesperado. Ficou empolgada com a coisa. Era o seu pequeno segredo. Galês, talvez. Talvez galês. Em todo caso, ela achava ter feito essa pequena descoberta totalmente sozinha e que, portanto, tinha direito a alguma espécie de autoria. Alguma espécie de alguma coisa.

Eu havia decidido segui-la sempre que pudesse. Fui atrás dela em cafés, lojas que vendiam alpiste, farmácias. Tinha de existir alguma maneira de dar queixa contra ela, mas percebi que não estava preparado para explicar a minha posição em tudo isso. Na verdade, eu nem sabia direito qual era a minha posição. Gostaria de me considerar totalmente inocente — uma vítima das circunstâncias —, mas logo percebi que me veriam sob outra luz por causa da nossa enorme diferença de idades, a dela e a minha. Quer dizer, ficaria óbvia a lascívia, a malícia. Além disso, ela ainda não tinha feito realmente nada — não havia publicado nada nem se declarado "autora" de algo que não era seu. Só ficava ali sentada durante horas, bebericando o café, olhando a tela e, de vez em quando, digitando rápido, fazendo aqueles cliques e estalos no teclado. Às vezes ficava sentada nos pontos de ônibus com as mãos cruzadas em cima do laptop, esperando acontecer alguma coisa — pelo menos era o que parecia. Talvez a coisa toda fosse isso — esperar por algum acontecimento, como se a vida dela estivesse em compasso de espera, só aguardando o momento certo de deslanchar.

Diálogo Chantagem #3
(Mexidinhas)

— POR QUE VOCÊ não vem me ver? Eu não queria que isso fosse o começo do fim para nós...
— O começo do fim de quê?
— Ah, seja do que for.
— Não é nada.
— Você não acredita em acaso?
— Acaso não é uma coisa em que se acredita. É só algo que acontece.
— Algo aleatório.
— É.
— Acidente.
— Olha...
— O quê?
— Se eu concordar em te ver...
— Então você concordaria? Pensaria nisso?
— Sim... mas não traga as páginas.
— Por que não?
— Não quero ver.
— Por que não?

— Porque não.
— Mas quer me ver?
— Quero ver se você endoidou ou não.
— E como vai saber só de me ver?
— Pelos movimentos.
— O que têm eles?
— Se têm espontaneidade ou não.
— Espontaneidade?
— É.
— Que jeito tem a falta de espontaneidade?
— Umas mexidas.
— Mexidas?
— É. Quando a gente muda de ideia, fica se mexendo.
— Todo mundo?
— Todo mundo.
— Não sabia.
— Preste atenção. Da próxima vez que mudar de ideia.
— E você notaria se a gente se encontrasse?
— Claro.
— Como?
— A cabeça. Umas mexidinhas de leve.
— Para o lado?
— E para cima e para baixo. Dos dois jeitos.
— Mexidinhas?
— Como se tivesse um mosquito no ouvido.
— E como é que isso indica insanidade?
— O mosquito não existe.

Me visto vendo ela

ANDO UM POUCO adiante da casa, assobiando e chamando. O sangue me foge das mãos por causa do frio. Assopro os dedos e enfio as mãos no fundo dos bolsos da jaqueta. Começo a vê-la nua, na minha cabeça. Talvez seja ingenuidade, mas será que ela estava mesmo tentando me seduzir? O esquema todo foi planejado, deliberado? Ela não podia ter só decidido de repente, por mero acaso, tomar um banho na minha banheira, eu estando logo ali, de olho. Deve ter me visto vendo ela pelo espelho do armarinho. Ela sabia o que estava fazendo. E, no entanto, havia uma estranha indiferença na coisa toda. Uma semana antes, eu quase morreria para vê-la nua, mas agora — nem me lembro de ter ficado duro. Eu lembraria, não? Com certeza lembraria. Talvez fosse algo totalmente diferente.

Os cachorros voltaram. Com ar envergonhado na porta da frente, arfando e abanando humildemente o rabo. Pode ser que já estivessem de volta esse tempo todo, espreitando em volta da casa, e eu nem percebi. Tem muita coisa que não ando percebendo nesses dias. Deixo que entrem na cozinha, contente em vê-los, mas por dentro com vontade de dar um chute nas costelas dos dois. Tomam água na vasilha de plástico, lambendo e deixando pingar água. Tiro espinhos de cacto de suas patas, e então abro latas de miúdos de galinha coagulados de cheiro horrível. Junto com o cheiro dos miúdos, sinto também o da água fumegante misturada com sais de Epsom se espalhando pelo corredor. Me pergunto se ela adormeceu lá dentro. Não ouço nada espirrando nem chapinhando. Começo a misturar os miúdos com ração nas tigelas e o cheiro horrível diminui um pouco. De repente me ocorre que ela pode estar lá dentro sangrando até a morte. Engulo o nó de nervoso que me vai da garganta ao peito. Paro um instante de misturar a comida dos cachorros e fico ouvindo o ar. Cachorros ofegando e abanando o rabo. Gaios azuis grasnando. Não entre lá correndo, de jeito nenhum. A água vai estar vermelha. A cabeça dela vai estar logo abaixo da superfície. Os olhos abertos. Os dois braços moles flutuando azulados. Os pulsos cortados. Com o quê? Ela trouxe alguma coisa. Uma navalha. Encontrou uma das minhas na bancada do banheiro. Filetes vermelhos ainda estarão girando, rodeando a cintura dela. O cabelo flutuando atrás. As unhas roxas dos pés aparecendo. Marcas vermelhas dos dedos, segurando as bordas da banheira. A esponja de banho boiando entre os pés. O que vou dizer aos pais dela? Encontrei ela assim. Não havia sinal nenhum — quem chamar primeiro? A polícia? Não! A polícia, não. A equipe de emergência? A SWAT. Quem são esses? Hospital? Que hospital? Ela já está morta. Como vou explicar o estado mental dela? Qual era o estado mental dela? Onde nos conhecemos? Quanto tempo atrás? Fizemos sexo? O que ela estava fazendo na minha casa? Na minha banheira. Completamente nua. O saco de cadáveres. Seguindo a ambulância. Sem luz girando. Já está morta. Já se foi.

    Empurro as tigelas de alumínio para os dois cachorros e sigo pelo corredor. Sem pressa. Vejo sinais dela pelo caminho. Cadernos. Lápis. Livros de escola. Computador. Coisas espalhadas. Uma pulseira prateada. Um anel de latão. Tento adotar uma atitude indiferente. Calma. Despretensiosa. Escancaro a porta do banheiro. Ela volta um pouco. Paro. Não olhe a banheira. O chão está cheio de poças d'água. As roupas sumiram. Até as sandálias. O que deu na cabeça dela para usar sandálias no inverno? Não olhe a banheira, fico repetindo para mim mesmo. Olho. Ela se foi. A banheira ainda está cheia. A água amornou. Puxo a correntinha da tampa branca. O barulho da sucção parece demorar. A água começa a se afunilar para a saída. Tem um filete fino de sangue dançando no meio. Vermelho e amarelo, uma parte transparente. Uma fita. Talvez tenha começado alguma coisa e desistiu. Pensou melhor. Não, isso é racional demais. Ela já estava descompassada. Não estava? Não falou que tinha voltado para me perguntar alguma coisa? Algo sobre uma troca. Por que ficou lá sentada, imóvel por tanto tempo? Imagino que foi por muito tempo. Esperando. Sem se mexer.

    Sigo as pegadas úmidas que deixou ao sair. Tinha uma toalha? Estará secando o cabelo, levando as roupas no braço, as sandálias balançando em dois dedos? Dois. Não devia estar sangrando. Nenhum sinal disso. Nenhuma marca. Nenhuma mancha. Sigo as pegadas até o quarto de hóspedes. Deve ser onde finalmente se enxuga, se veste. Se troca, vestindo algo mais quente. Todas as roupas que tirou estão em cima da cama. As sandálias também. Verifico o armário. No chão, a mala enorme transborda de roupas por todos os lados. Roupa de baixo. Meias-calças. Cintos de verniz. Suéteres. Meias. O casaco com capuz, forrado de pele, sumiu. A luminária na mesa ao lado da cama ainda está acesa. Cadernos amarelos espalhados. Pego um, rabiscado em tinta azul: "QUE MALUQUICE. TUA VIDA ESTARIA RESOLVIDA — É SÓ CONCORDAR!" Outro bloco diz: "SINESTESIA. DEVE SER. O QUE MAIS? CORES? RÉ MENOR É AZUL-MARINHO." Viro e saio do quarto de hóspedes. As portas laterais que levam ao pátio de pedra estão escancaradas. Os cachorros já estão lá fora, focinho no chão, sintonizando o faro com o cheiro dela. Os dois a conheciam. Iam com ela quando saía para correr de manhã. Seguem os seus passos. Como pôde passar quase do meu lado? Para onde foi? Agora está esfriando.

Faz muito frio. Algo no corpo dele se recusa a levantar. Algo na parte de baixo das costas. Olha as paredes. Existe alguma coisa que consiga deixá-lo pelo menos sentado? Escutando? O barulho de alguma coisa? Uma criaturinha de espreita nas vigas. A ideia de um fogo na grelha da cozinha. Cachorros se agitando. Café — pelo menos isso. Os membros parecem soltos do motor — seja qual for — que comanda essa coisa. Não tomam direção — não obedecem —, braços, pernas, pés, mãos. Nada se mexe. Nem quer se mexer. O cérebro não está enviando sinais. É isso. Sinais. Nenhum sinal de perigo, nem isso.

Garota Chantagem à solta

FUI PROCURAR POR ela. Fui. Estava cansado de ficar sozinho. Queria ela comigo. Ela sabia disso. Pela voz ficou animada com isso, mas não o suficiente para se aproximar mais de mim. Continuei voltando ao pequeno café de esquina onde nos conhecemos. Não é sempre assim? Você volta ao lugar, esperando que ela reapareça por milagre, mesmo que possa estar a quilômetros dali. Talvez no outro lado da lua. Continuei pedindo exatamente a mesma coisa que pedi na manhã em que a conheci — dois ovos um pouco além do ponto, com picadinho de carne em lata sem batata, um bolinho inglês torrado. Como se o mesmo pedido, num passe de mágica, a trouxesse de volta. A garçonete era a mesma, "Betty". Cabelo tingido de ruivo com a raiz loira aparecendo. Tatuagens de rosas e arame farpado nos dois antebraços. A pele parecia estranhamente morena, e não só de sol. Se lembrava de mim, mas não da Garota. Perguntei. Ela observou a janela panorâmica como se a Garota fosse aparecer lá fora, numa poça do estacionamento. "Neca. Essa eu não lembro. Mais café?"

"Por favor." Betty se afastou, anotando num bloquinho verde. A Garota tinha me interrogado minuciosamente sobre

89

o meu passado — os meus anos de adolescente. Me examinando como se eu pudesse servir para o futuro dela, como se pudesse atender a algum critério que ela tinha. Falei que só me lembrava de uns agarros ardentes com mexicanas morenas. Garotas de saia justa com olhos negros e nariz de índia. Batom cor-de-rosa. Tesão constante. Mesmo depois de transar. O cheiro daquilo me seguia, a qualquer lugar que eu fosse. Os cachorros sabiam.

Os meus cachorros sabiam. Eu tinha certeza de que os adultos também sentiam o cheiro. Principalmente mulheres brancas de meia-idade. O jeito como me olhavam e sorriam, e então olhavam para baixo, para suas sandálias de salto. Eu adorava mulheres mais velhas. Os quadris. As bolsas de couro com alças. Os chapéus de aba larga. Às vezes ia atrás delas nas docerias. A seção de sorvetes onde subia vapor das caixas congeladas e se espalhava.

— Quero falar com você — ela repetia sempre. — Quero te perguntar uma coisa.

Como se nunca tivesse tido ocasião. Como se eu estivesse sempre distraído. Talvez estivesse. Por que você está aqui? Por que fica sempre voltando?

— Você tem na cabeça alguma noção idealizada de como as coisas podiam ser entre nós? Quer dizer, você vê ideias brotando da gente sem parar, dia e noite, se misturando como alguma Cuisinart gigante e saindo em misturas geniais de chocolate e ouro? — falei.

— Chocolate e ouro? Do que você está falando?

— Pois é.

— Não faz sentido.

— Não.
— Lembra Oklahoma? Nós dois?
— Oklahoma?
— É.
— Estivemos lá?
— Só nós dois. Nada em volta, só de vez em quando uma bomba de petróleo como um cartum de dinossauro em miniatura. A gente andou quilômetros sem dizer uma palavra.
— A gente falou de sinestesia.
— Não. Lembro quilômetros de silêncio.
— Ré menor era água-marinha. Dó médio era laranja.
— Falamos disso?
— Você é nova demais para ser tão esquecida.
— Lembro alguma coisa sobre cores.
— Som?
— Som e cores. É.
— Sinestesia?
— Se você diz...
— Digo, sim.

Andamos, andamos e chegamos a esse leito de rio. Teve uma seca naquele verão e por isso metade do rio tinha secado. Além disso, o pessoal petrolífero local andou roubando direitos sobre a água e vendendo ao Big Business para fraturamento. Poeira e solo rachado com o sol batendo direto e aí, de repente, um filete de água formando uma poça onde o leito era um pouco mais fundo, e aí de novo a terra esturricada. Lá embaixo havia umas pedras enormes, bem no meio. Antes, rãs e tartarugas ficavam em cima delas se aquecendo ao sol, e aí, quando aparecia algum perigo, mergulhavam de volta no rio. Agora essas pedronas só ficavam lá à toa, cozinhando debaixo do sol, como meteoritos vindos do espaço, caindo e se encravando ali pelo resto dos tempos. Fomos até lá e escalamos as pedras. Eram quentes ao tato. Deitamos lado a lado numa das pedronas escuras e planas. Ficamos olhando o fosso criado pelas paredes do cânion e as nuvens passando por ali, deixando uma longa faixa de azul. Olhei entre as folhas esvoaçantes do choupo e me lembrei de uma tomada de um "filme de arte" russo dos anos 60, em que a câmera começa a girar em círculos, a troco de nada. Aquilo me deu enjoo no estômago. A pedra era tão quente que parecia o corpo de um animal enorme debaixo da gente. Talvez um mastodonte. Adormecido ali para sempre.

Lembro que ela disse detestar vento. Qualquer vento que fosse constante. Lembrava todos os vários nomes dele. Vários países: o *mistral* da França, o *clipper* das planícies de Alberta, os *dust devils* do deserto de Sonora, os *chinooks*. Tinha alguma coisa no vento que a deixava doida. Dava para ver quando aquilo tomava conta dela. Os olhos. A boca aberta e caída. Até o cabelo mudava de cor.

A vida de outra pessoa

EM OUTRA MANHÃ quando Felicity apareceu com a mesma bolsinha preta e sentou na mesma cadeira de vime, esperando o meu pai, que sempre estava no trabalho, tomei coragem de perguntar por que ela tinha um ar sempre tão vazio. Falou que não sabia que expressão adotar porque não entendia as outras pessoas. Perguntei por que não e ela disse que sempre teve essa sensação de viver a vida de outra pessoa e que os outros pareciam de certa forma muito distantes dela. Afastados. Perguntei quem podia ser essa outra pessoa, a que estava vivendo a vida por ela, e ela explicou que não sabia como, mas era alguém da mesma idade e mulher, e que não sabia como se chamava. Perguntei se ela sabia o que tinha pela frente: se fazia alguma ideia do que o futuro podia trazer. Ela falou que não, que não era assim — "Assim como?", perguntei. Não era como se pudesse enxergar o futuro. Não era como se as coisas estivessem postas ali e bastava ir em frente com elas. Era como se as experiências dela não fossem dela. Pertenciam a outra pessoa.

Fiquei sentado ali em silêncio durante um bom tempo, encarando o chão. Felicity era boa nesse lance do silêncio. Melhor do que eu. Parecia não ter a menor preocupação com o que tinha pela frente. Podia pegar ou largar. O medo que eu tinha dela aumentou até que pulei do sofá e tentei inventar uma desculpa para sair lá fora. Não parecia minimamente nervosa. Não mudou em nada. Continuou sentada na cadeira de vime do mesmo jeito que estava, com a bolsa de verniz no colo. Saí correndo para a varanda dos fundos e comecei a esvaziar todas as vasilhas de água morna e viscosa dos cachorros e enchê-las de novo. Só para ter alguma coisa para fazer.

Portas batendo a distância

A VIOLÊNCIA DESSES cachorros. Latindo como se fosse uma questão de vida ou morte. E a mulher que não diz nada. É surda. Se chega a escutar os cachorros, não faz diferença. Ela não diz nada. É como se fossem portas batendo a distância. Não faz diferença, ela não diz nada. Só percorre um corredor comprido de uma ponta a outra com passinhos artríticos. Anda com echarpes esvoaçantes. Usa botas de caubói de um azul vivo. Fala com meiguice com encanadores, eletricistas, o pessoal morro acima responsável por inundar o porão da casa dela, companhias de seguro, tanto faz. Tem cicatrizes feias por todo o corpo. Ferimentos de faca. Ignora-os. É surda. Tenho de soletrar o nome do restaurante a que estamos indo. Vamos comer fora. O tempo está excelente. Um grilo solitário cricrila.

O homenzinho minúsculo num bar irlandês

NOITE: ESTÃO JOGANDO dardos num bar irlandês. Dá para vê-los pela janela envidraçada, se inclinando para o alvo. Dessa vez são três, ainda usando seus ternos risca de giz, chapéus de feltro e aqueles sapatos que a gente sempre vê nos filmes preto e branco — pontudos —, *brogans*, acho que se diz. Modelo com furinhos denteados. Todos fumam Lucky Strike e bebem martínis com azeitona verde e uma rodela de casca de limão. O Mercury 49 está estacionado lá fora com um quarto cara encostado no porta-malas, o pé no para-choque, vestido exatamente igual aos outros. Está fumando e embaralhando um maço de cartas, separando os valetes de copas e de espadas. Não parecem atores, mas é como se todos interpretassem um papel.

Lá dentro, os outros três estão rindo e mascando palito de dentes enquanto um deles atira o seu conjunto de dardos na parede. A cada vez que vai atirar, ele se inclina, aperta os olhos e faz três breves ensaios com o braço direito antes de arremessar. O meu minúsculo pai morto, ainda embrulhado em filme plástico, e duas das mulheres encolhidas estão pendurados pelo pescoço no alvo com elásticos cor-de-rosa.

Oscilam de leve para cima e para baixo enquanto os dardos passam zunindo ao lado da cabeça deles. Um dardo com penas vermelhas e ponta dourada aerodinâmica acerta em cheio na testa do meu pai e se encrava ali. O corpo minúsculo rodopia. Já está morto e assim não dá um pio. Os gângsteres riem feito doidos enquanto tomam um gole de martíni e ajustam o nó vistoso da gravata.

Lançam mais dois dardos no meu pai, que ainda rodopia. Os dois erram. Um passa de raspão pelo ombro dele e cai retinindo no chão. Um cara faz um traço amarelo a giz num marcador. O terceiro cara põe uma moeda num *jukebox*. É isso o que eu consigo lembrar.

Monólogo da Garota Chantagem

SOU EU DE NOVO. Só pra te lembrar que os teus dias estão contados. Você foi descoberto. Acho que você já sabe disso. Acho que não precisa que eu te lembre. É só pela satisfação de te ver se contorcendo. Com os olhos do espírito, como dizem. Claro que você ainda tem uma saída — uma escapatória. Pode reconsiderar tudo. Pode me ceder totalmente a autoria. Não te culparão de nada — de nenhuma falsidade —, mentira —, distorção nenhuma. Ficará inocente. Totalmente inocente. Jamais foi culpa sua se exagerou algumas "verdades". Se adulterou alguns fatos para fazer "justiça poética". Se misturou outros para dar uma nova impressão de significado e continuidade. Se continua tão atrapalhado como sempre foi. Você pode me perguntar por que estou disposta a assumir uma empulhação dessas e te digo, sem rodeios, que ingresso com prazer no velho mundo. Na vanguarda, se quiser. Os lobisomens novecentistas do saber perdido. Os que nos salvaram do niilismo corporativo. Os que andam nos mercadinhos de cabeça baixa, apalpando coquetéis Molotov no bolso do sobretudo e, de vez em quando, explodindo a si mesmos. Como antigamente. Como nos bons tempos de outrora.

Lembro que conversei uma vez com Felicity sobre o passado. O passado em geral, como se de repente estivéssemos nas dores do parto da filosofia. Foi, de novo, numa daquelas vezes em que dizia ter vindo ver o meu pai e o meu pai, claro, não estava. Numa daquelas vezes em que ficava, de novo, sentada na cadeira de vime com o chá apoiado nos joelhos nus e a bolsa no chão ao lado. Me falou que achava que o passado era o presente. Era essa a ideia dela: bem isso. O passado era o presente. Simplesmente se saiu com essa. Com cara séria. Não era sempre que a gente trocava ideias assim, mas ficou claro que era uma coisa em que pensava o tempo inteiro. Ela me falou que este momento em que estamos agora e que chamamos de "presente" na verdade está se tornando o "passado" e nem notamos. "Isso significa que estamos todos vivendo no futuro porque estamos vendo o presente se tornar 'passado' enquanto falamos." Eu não soube o que dizer. Inventei alguma desculpa para ir a outro aposento.

Pelo batidão do deserto

FALEI QUE ELA TINHA de ir embora. Não sabia por quê. Só vim com essa. Inventei coisas. Você precisava ver a cara de espanto que ela fez. Os olhos verdes incrédulos. Falei que não suportava o cachorro dela soltando pelos pretos por toda parte. (Inventei isso.) Falei que não suportava o cabelo grosso dela, preto com a raiz branca, por toda parte. Na pia. Na banheira. No chuveiro. Na privada. Nos lençóis, na bancada da cozinha. (Inventei tudo isso.) Não sabia mesmo por que queria que ela fosse embora.

Ela chorou o caminho todo até o aeroporto. Cento e quinze quilômetros pelo batidão do deserto. Estava com um vestido de linho vintage anos 40 colado no corpo. As pernas eram lindas. Estava com o cabelo bem puxado num rabo de cavalo, que dava um ricto de dor ao rosto. Escorria água pelo pescoço. Algo em mim separava dor e encanto nela. Tentei afagar a sua coxa macia com as costas da mão, mas ela me afastou.

Quando chegamos ao hotel boutique do batidão, almoçamos. Ela se registrou no quarto 506. Dei cinco dólares de gorjeta ao auxiliar do hotel. Estava tendo um casamento mexicano no saguão. Mulheres com saias de babados rendados roxos e buganvílias na cabeleira exuberante. Os homens estavam de smoking e botas brilhantes de bico fino. Tiraram montes de fotos numa Kodak antiquada com flash descartável que ofuscava tudo e a gente se sentia cego por uns instantes. Ela apareceu por acaso no fundo de todas as fotos, enquanto esperava o elevador junto com o cachorro. Ainda chorando. Derramando lágrimas. Ninguém nem viu.

Depois do almoço (salada de melancia e coração de alcachofra), subimos para o quarto minúsculo do quinto andar. Chegando lá, ela teve outra crise e falou que não aguentaria ficar ali a noite toda esperando o avião do dia seguinte. Falei que foi por isso que eu havia perguntado se ela tinha certeza de que queria atravessar o batidão todo do deserto até o hotel, em vez de passar a noite na minha casa nas montanhas. Falou que não tinha percebido que ia ser tão horrível.

Deixamos toda a bagagem lá e mantivemos o quarto. Dei mais uma gorjeta ao auxiliar, por nada, só porque me sentia nervoso, imagino. Ele parecia desconfiado da gente.

Fizemos os 115 quilômetros de volta pelo batidão do deserto até minha casa nas montanhas, de onde tínhamos acabado de sair. Passamos boa parte da viagem em silêncio. Uma hora, perguntei se ela tinha sentido um estalo nos ouvidos e respondeu que sim. Repeti que precisava descansar um pouco, que sempre precisava ficar totalmente sozinho para escrever (mas era mentira também, pois um monte de vezes eu tinha conseguido escrever numa sala cheia de gente, quando estava nos meus dezenove ou vinte anos).

Passamos por Bernalillo, onde mataram meu pai, e me lembrei de uma ótima lanchonete chamada Range onde ainda serviam ovos e pimenta-verde, mas já tínhamos comido. Já era quase hora do jantar quando chegamos, então encomendamos paella para viagem num lugar que fazia tapas espanholas. Paella e uma Coca diet para ela (naquela altura eu já estava na tequila). Ela resolveu fazer uma torta com uns pêssegos que iam se estragar. Fui até a cidade buscar a comida. Na volta, um lince atravessou a estrada e sumiu na escuridão.

Tivemos de empurrar todos os meus escritos até uma ponta da mesa para abrir espaço para a comida. A minha máquina Olympia azul-cinzenta (meu orgulho e alegria) foi para a bancada de granito da cozinha. Ficou toda feliz ao provar a Coca diet e me sorriu do outro lado da mesa daquele jeito lindo que ela tem. Falou que gostava de jantar sozinha comigo em casa. Só nós dois. Usou muito a palavra "romântico". Falei que ia lá fora acender uma fogueira.

Logo no dia anterior, ela havia montado algum tipo de sistema que recebia wi-fi. Agora tinha acesso imediato aos filmes mais variados. (A gente estava enfurnado num grotão.) Depois do jantar, ela tirou o vestido e examinou centenas de anúncios de filmes no laptop. Sentou de pernas cruzadas na cama com o computador projetando uma faixa de luz brilhante no seu rosto exótico. O cachorro dormia sobre uma manta de cavalo com a marca King Ranch bordada. Fiquei lá fora todo esse tempo tentando acender o fogo no vento.

O vento aumentava em todas as direções. Os meus fósforos continuavam apagando, até que um finalmente acendeu a ponta de um saco pardo de mercearia impresso com as palavras "Sou daqui". Os coiotes soltavam uns uivos agudíssimos, como se o vento estivesse torturando algum nervo nos ouvidos deles. Os cachorros na cozinha se juntaram à uivarada. Deixei saírem e foram direto atrás de coelhos escondidos.

Muito depois, no escuro, entrei cambaleando no quarto, onde ela ainda não tinha decidido a que ia assistir. Aparecia um monte de filmes na tela: *Os incompreendidos*, *A noite*, *Sete homens e um destino*, *O calhambeque mágico*. Filmes que vi quando estava no segundo grau. Fiquei olhando os anúncios passarem, relembrando os tempos em que eu só ia tocando o barco. Tempos em que nem lembro direito onde estava. Não lembro o que fazia, nem com quem eu estava. Dentro de mim mesmo, talvez. Ou fora. Falei que não me importava de ver o documentário sobre os Roosevelts. Eles sempre me fascinaram como uma espécie de realeza americana. Tinham algo de plebeu e pé no chão. Pé no chão — que expressão! A narração sobre os Roosevelts tinha um tom condescendente, mas as fotos em preto e branco eram interessantes. Incrível como a câmera captura o tempo mesmo sem querer.

Na manhã seguinte acordei e me sentei. Ouvia a respiração dela ao meu lado. Estava totalmente escuro. O vento ainda soprava de leve. As venezianas de metal tiniam na armação de madeira da janela. Quando clareou, fizemos outra vez os 115 quilômetros pelo batidão do deserto até o hotel boutique. Ela estava com a mesma roupa. Tive a mesma reação física, mas não tentei pôr a mão na perna dela. Estava com o cabelo puxado para trás do mesmo jeito austero.

Ficou olhando em frente, pela janela. Tinha algo de hieroglífico em si. Régia. No hotel, dei mais uma gorjeta ao auxiliar e falei para ir ao 506, pegar a bagagem e pôr no porta-malas do Chevy. Parecia mais desconfiado do que antes, mas pegou a gorjeta. Fui e pedi serviço de quarto com o desjejum enquanto ela subia com o cachorro e punha a bagagem no corredor. Tínhamos mais ou menos uma hora até o check-in no aeroporto. Comemos a omelete com pimenta vermelha e queijo de cabra — eu sentado em cima do aparelho de ar-condicionado e ela bem na ponta da cama com as pernas cruzadas na altura do joelho. Uma perna balançando ritmicamente, marcando o tempo. Ficou olhando pela janela do quinto andar enquanto mastigava devagar, o garfo suspenso por baixo do queixo. Falou quase num sussurro: "Que cidadezinha horrível. O que as pessoas fazem?" Não falei nada. Na parede tinha uma foto colorida de um cinquentão dançando rumba com uma menina de dez anos. Estava toda de branco. Ele a dobrava para trás até a cintura e a segurava como faria com uma mulher feita. "Você nunca vai se livrar de mim, sabe?" Ela falou sem me olhar enquanto partia com o garfo outro pedaço de omelete. "Conheço tua fama de descartar as mulheres, mas nunca vai se livrar de mim."

Fizemos amor como um casal que não se encontrava havia bastante tempo. Não como duas pessoas se despedindo, talvez para sempre. Não como duas pessoas que não se acertavam e tinham decidido terminar. Ela gritava com tanta força que achei que talvez o auxiliar do hotel fosse ouvir lá no térreo e ficar ainda mais desconfiado quando aparecêssemos para pegar o carro.

Nos vestimos. Pus a trela no cachorro enquanto ela escovava o cabelo e passava brilho nos lábios. Descemos até o saguão. Troquei uma nota de vinte para dar mais uma gorjeta ao auxiliar. Me olhou esquisito quando dei a gorjeta. Eu tinha razão. Eu sabia que tinha razão.

Chegamos ao portão de embarque da United, e o meu coração batia forte por algum motivo. Dei a ela uns trocos para pegar um carrinho de bagagem. Estavam numa fila comprida, todos engatados um no outro como a gente vê no Safeway. Trocamos beijos e abraços enquanto eu punha a bagagem no carrinho. Sem lágrimas. Sem histerias. O cachorro ficou agitado de repente e começou a pular em volta dela. Sem lágrima nenhuma.

Voltei os 115 quilômetros pelo batidão do deserto, sozinho. Me sentia contente de estar sozinho. Não pensava nem isso nem aquilo. Sem remorsos. O céu estava cheio de leves nuvens brancas. O céu, pó azul por trás delas.

Fui direto para casa. Queria acreditar que tinha agido certo. Pedi para ela ir embora para poder ficar completamente sozinho e trabalhar. Lavei umas roupas que estavam no chão. Pus alpiste fresco em todos os comedores. Cortei uns cavacos de lenha. Podei umas árvores de fruta. Transplantei umas mudas. Fiz chá gelado. Lavei os pratos. Arrumei a cama. Não conseguia ir escrever. Nada me impedia, mas não conseguia ir escrever. Liguei para a minha amiga de mais tempo em El Paso — ninguém atendeu. Liguei para a minha ex-esposa em Nova Orleans — ninguém atendeu.

Liguei para a minha primeira esposa em Los Angeles — ninguém atendeu. Liguei para a minha namorada de sempre em Nova York — ninguém atendeu.

Acordei às três da madrugada. O vento tinha parado. Os cachorros dormiam na cozinha. Senti que havia alguém ali comigo. Fiquei ouvindo.

Rapazinho navajo

O SOL DO SUDOESTE, brilhando forte, fortíssimo, banhando todos os carros brancos no estacionamento. As capotas duplamente quentes com a combustão interna e o calor solar. Um restaurante Denny's bem no extremo de Grants, no Novo México, espremido entre a interestadual 40 West e um posto Shell. Matos secos, plástico preto preso neles, esvoaçando e tentando se soltar. Uma corrente velha cercando tudo isso. Que chance tem a beleza de entrar aqui?

Estou numa cabine lateral atrás de um homem frágil com a esposa gorducha, ele de costas para mim. Chapelão de palha de caubói, abas dobradas parecendo um taco mexicano. Marcas fundas acima dos malares mostram que usa oxigênio toda noite. Por cima do ombro dele vejo a mulher a distância. Só de costas. Voluptuosa — cheia de curvas —, parece ter uns trinta, mas quando se vira um pouco de lado está mais para quarenta. Calça branca justa pelo meio da perna e sandália de couro. Camiseta com uma caveira Harley. Está coberta da cabeça aos pés de tatuagens roxas miúdas — mais como totens do que desenhos feitos à máquina. Andorinhas, gaviões, lagartos e luas em todas as fases. Ela se vira e pela cara é muito mais velha do que imaginei — pelo menos quarenta e cinco anos, talvez mais. Mas o corpo é muito jovem. Está com um garoto. Um rapazinho navajo aleijado com andador de alumínio. Troncudo. Talvez uns vinte e dois. Cabelo rente, de reco. Óculos. Não tira os olhos dela que o ajuda a entrar na cabine, dobra o andador e o segura por um braço retorcido. Ajuda-o a sentar e então fica junto ao lado. Ele sorri para ela. Não queria estar em nenhum outro lugar do mundo. Ela abre o cardápio de plástico vivo e olha as fotos coloridas de waffles, ovos e creme chantili. Não tira os olhos dela mesmo abrindo o seu próprio cardápio com as mãos tortas. Se apoia na mesa. Os braços entrevados. Impotentes. Imprestáveis. Aninha a cabeça num cotovelo e sorri para ela. Ela continua a examinar waffles e panquecas. "Quero ir morar com você", diz ele. Ela sorri e continua a examinar o cardápio. "Quero levar todas as minhas coisas e morar com você e dormir na mesma cama. Posso?" Ela sorri e estende uma mão. Põe de leve no cabelo rente e acaricia a cabeça dele com as unhas compridas pintadas de verde, como se faz para adormecer um cavalo. Não tira os olhos do cardápio. Fecha os olhos. Apoia a cabeça no ombro dele.

Filho de um justo

— ENTÃO, QUANDO VOCÊ me deixou...
— Nunca te deixei.
— Tá, quando você foi embora, para o oeste.
— Nunca te deixei.
— Não seja dramático.
— Quero deixar isso claro.
— O que você é agora, advogado? Clareza? Linguagem? Quando você foi até Nashville visitar aquela bunduda, e aí continuou na Highway 40 para Little Rock, Fort Smith, Oklahoma City naquele eterno torpor de inconsciência, naquele infeliz estado de só obedecer ao teu pau...
— E o que tem?
— Alguma vez você pensou por que te deu na veneta me pedir em casamento?
— Não.
— Não.
— Não pensei, não.
— Pensou que me pedindo em casamento podia me levar a pensar no futuro? Na felicidade doméstica? Num jardim na frente de casa e em lençóis de linho para a cama?
— Não.

— Sobre alianças, sinos, churrascos com a família?
— Não.
— Não, claro que não.
— Não pensei, não.
— Ela se depilou toda para você?
— Quem?
— A bunduda de Nashville! Ela fez uma daquelas depilações completas ou deixou uma faixinha de penugem?
— Uma faixinha de penugem?
(*Aqui longa pausa enquanto ele vira a cabeça devagar e olha lá fora o dia triste e nublado que lhe lembra Donegal, no norte da Irlanda. A garoa fina e leve cai oblíqua e forra os pessegueiros desfolhados com uma película leitosa.*)
— O que você estaria fazendo agora se estivesse sozinho?
— Agora?
— É. Se eu não estivesse aqui.
— A mesma coisa que estou fazendo agora com você *estando* aqui.
— Não ia mudar nada?
— Não sei... um certo "estado de espírito", imagino. O que tem isso?
— Estaria pensando em outra coisa, talvez?
— Não. *Sentindo. Sentindo* outra coisa.
— O que estaria sentindo?
— Não me preocuparia tanto com você. Com a tua presença. Distraído pela tua presença, quero dizer...
— Você se preocupa comigo?
— Bom, sabe... você está na minha cabeça o tempo todo. Está... sempre andando... de um quarto para outro.

111

Deve ter ideias passando pela cabeça. Ideias sobre mim. Ideias em silêncio. Deve pensar...

— O quê?

— Deve pensar: "Aqui não é minha casa. É a casa dele. Ele mora aqui, mas eu, não. Sou visita. Uma visita na vida dele."

— Como isso muda o que você sente?

— Muda, e só.

— Como?

— Não quero falar disso.

— Por quê?

— Porque não quero. Me deixa tenso no peito. Na garganta.

— Por quê?

— Parece uma menina, uma criancinha. "Por quê? Por quê? Por quê?", sem parar.

— Estou interessada. O que mudaria se você estivesse sozinho?

— Acabei de te falar.

— Não falou. Não me falou nada.

— Falei... simplesmente não sei explicar. Alguma coisa mudaria. É só isso que sei. Algum... sentimento. Alguma... percepção das coisas. Algum...

— O quê?

— Não sei! Acho que seria uma ausência... uma falta. Algo incompleto.

— Mesmo?

— É, acho que sim.

— Me sinto incompleta o tempo inteiro. Não sei se sinto falta de uma pessoa ou...

— Do quê?
— De uma época. Gente do passado.
— Que já morreu?
— Alguns.
— Gente que nunca conheceu?
— Talvez.
— Os teus pais, talvez?
— Não, eles estão vivos.
— Então não sente falta deles?
— Não dessa forma.
— Que forma?
— Como se nunca mais fosse ver eles de novo. Que se foram para sempre.
— É, acho que sei. Então não precisa deles?
— Os teus morreram, não foi?
— É. Morreram.
— Então você só tem lembranças. Fotos.
— Tem uma em que a minha mãe deve estar com oito ou nove anos e é no final do verão. Amieiros cheios de folhas atrás dela. As groselheiras estão carregadas. Ela está com um vestidinho branco de renda com gola grande de babados, meias três-quartos, sapato de verniz com tirinha no tornozelo, gorro de malha aparecendo a franja. Está com a cabeça erguida de um lado e um leve sorrisinho, como se estivesse com vergonha de ser fotografada, de ser observada. Está de pé numa entrada de carro cascalhada ao lado do meu bisavô, Frederick DeForrest Bynon. "Bynon" quer dizer "filho de um justo" em galês antigo, que é o que ele é, galês. Frederick é o pai da mãe da minha mãe, Amy. Muito alto e distinto, com

113

bigode branco e barba cheia branca, terno escuro, óculos bifocais com armação de fio de aço pendendo de uma corrente no peito em cima de uma camisa social de colarinho alto. No braço esquerdo segura pela aba um panamá de copa reta e os sapatos estão recém-engraxados. Podia muito bem ser um domingo, dia de "ir à igreja". Estarão indo ou voltando? No alto da foto numa letra apagada está escrito "Dunbar — 1º de agosto de 1921". E embaixo, na mesma letra, "Vovô e Jane Elaine em Driveway".

Indo para Shiprock ao norte

NO FINAL DAS CONTAS, acho que tive sorte de viver aquela época, correndo pela Baseline Drive no Ford 1940 com motor Mercury de Ed Cartwright e os Stones a todo volume na KFWB — Color Radio Channel 98 — e Anita Guttierre no banco de trás com a saia enrolada no pescoço, garrafas de vinho Ripple, sacos cheios de anfetaminas, o vento quente de verão soprando rajadas de flores de laranjeira pelas janelas. Nada de errado nisso. O desconhecido às vezes é melhor. Às vezes muito melhor. Não acha?

Close de Felicity

UMA IMAGEM DE FELICITY que nunca vou esquecer era ela cantando quando tinha uns oito ou nove anos. Era um hino nacional estrangeiro numa língua qualquer. Eu nunca tinha ouvido. Volta e meia ela esquecia a letra. Tinha um público enorme, como numa Copa do Mundo num estádio gigantesco, mas não aparecia. Só se via o close de Felicity com uniforme de uma escola paroquial com alças e blusa branca. Estava com a cabeça enfiada na barriga de um homem de meia-idade com calça larga, camisa branca e cinto de couro de crocodilo. Devia ser o pai, mas não se via o rosto dele. Só a mão, de vez em quando, afagando a cabeça dela muito afetuoso. Muito suave. Tinha um anel de pedra azul faiscando no indicador. Era entalhado com duas raquetes de tênis cruzadas. Felicity estava cantando o hino nacional estrangeiro para o público enorme por um sistema de alto-falante, mas ia ficando cada vez mais tímida e calada e tentando sumir no bolso da calça do pai. Era como se quisesse virar um ratinho e se esconder nas dobras escuras junto com as chaves do carro e os trocados. Continuava olhando para cima, para o rosto dele, procurando consolo, mas o rosto dele nunca aparecia, só o dela, olhando para cima, quase suplicando. Não chorava, mas dava para ver que queria estar em outro lugar, em qualquer lugar que não fosse ali.

Talvez seja assim. Um pé. Mão. Ou ideia. Algo desliza. Se desloca. Você se vê em outro mundo. Nem estava olhando. Só veio. Apareceu. Como um cervo na noitinha. De repente. Imóvel. Uma orelha se mexe. Outra orelha. Você não está sozinho. Nem vê. É visto. Talvez seja só assim.

Papel fino como seda

ELA ME LIGOU DA estrada, disse que estava indo para o norte num jipe alugado e ia passar a noite em Chattanooga num Hampton Inn — o favorito dela, não sei por quê. Aqui chovia aos cântaros, mas pelo jeito lá, não, embora eu não achasse boa ideia ela dirigir à noite. Engraçado, fiquei imediatamente preocupado com ela, sozinha na estrada à noite, como se ainda vivêssemos juntos depois de todos aqueles anos. Um casal com partes de cada um encaixadas no outro. Partes de cada um.

Ela chegou e descarregou as suas coisas — câmeras, uma pasta de couro, as suas fotos e as caixas escuras que estavam amarradas com laços e fitas e o seu nome cuidadosamente gravado na frente. O jeito como passava as mãos pelos contornos das imagens e pelo papel fino como seda — o material branco que separava cada foto — achei muito feminino no melhor sentido da palavra. Logo deixou claro que íamos dormir juntos no sofá-cama e não ia ficar enfurnada sozinha no quarto de cima como se fosse hóspede. Não fiz objeção a isso. Saímos e fomos jantar no Henry's — sempre cheio, mas encontramos um bom lugar. A minha tentação de tomar um copo de vinho tinto foi vencida pela alegria em vê-la. Henry estava como sempre muito gentil, muito cavalheiro. Passava uma corrida de cavalos na pequena tevê sobre o bar, transmitida lá da Flórida. Eu nem sabia que Tampa Bay ainda existia, para dizer a verdade. O restaurante estava cheio de gente "hípica" — treinadores, jóqueis e os caras riquíssimos que tinham terras e mais terras de pastagem e mansões brancas com colunas gregas e lavouras de fumo, soja e milho.

À noite a gente se instalou com uns livros sobre o Polo Norte e romances de Graham Greene. Tentei que ela lesse uns contos de Bolaño, mas os achou deprimentes e pejorativos demais num sentido estritamente masculino. Falamos dos nossos filhos quando eram pequenos. Como a nossa menina sempre fazia o nosso menino rir. Como ele tentava ficar com a cara séria, mas sempre acabava se desmontando. Comentamos como era incrível que um casal rabugento, teimoso, ríspido como éramos tivesse criado filhos tão calmos e tranquilos. Tentei matar uma varejeira com um saco vazio de roupa suja e por fim consegui. O tempo todo fiquei pensando naquela francesa que escreveu um ensaio inteiro sobre a morte de uma mosca. A pura tragédia disso. Suzuki com uma página em branco inteira do seu livro *Mente zen, mente de principiante* dedicada à imagem de uma mosca. Sem palavras, só uma mosca. Viva.

Encasquetamos com *Breaking Bad*. Compramos uma tevê Samsung de 40 polegadas e um aparelho de DVD na Target só para assistir ao seriado. Compramos dez episódios e assistimos direto desde o episódio piloto. Nunca tínhamos visto o seriado nem assistido a um programa assim, em sequência. Só pausas com a tela preta quando decerto entravam os comerciais. Os dois rapazes trabalhando na Target fizeram uma cara meio desconfiada quando falamos que não entendíamos nada de tecnologia e não fazíamos ideia do que ia ligado em quê. Disseram que era simples. Deviam ter visto quando desembrulhamos as coisas lá de volta na chácara. Sentamos na varanda com a chuva torrencial e falamos de uma ilha na frente do Alabama que dava para o Golfo. Logo comecei a fantasiar sobre o vento marinho. Ouvia gaivotas e correntes de metal batendo na baía. Sentia cheiro de peixes e enguias. Ela me disse que era só coisa da minha cabeça. Palmeiras ondulavam.

Demos uma longa caminhada pela entrada de carro quando o sol apareceu e apontei os carvalhos-brancos altos e a nogueira já soltando umas nozinhas espinhentas. Ela parava a cada grupinho de cogumelos novos enchapelados de amarelo, rosa e dourado. Lá embaixo o Elkhorn corria rápido e lamacento.

Depois, de tarde, ela dormiu no sofá de couro enquanto eu lia em voz alta *Manhãs no México* de D. H. Lawrence. Mais tarde ela me leu algo de James Agee. Algo sobre uns velhos numa varanda ao anoitecer.

Ela me falou exatamente o que ia acontecer, como se o futuro já fosse passado. Disse que, logo que fosse embora, eu ia ligar para "aquela jovem atriz pornô" e trazê-la para cá. Falou que eu continuaria a mentir sobre as outras mulheres e continuaria a ter todos esses "casos". Neguei.

Neguei tudo. Abri o portão da chácara para ela. Abaixou o vidro. Trocamos um beijo na sombra da tarde. Foi embora. Fechei o portão.

Estradinha de terra

— VOCÊ PREFERE FICAR SÓ? Me diga.
— Agora, você diz?
— É, agora.
— Em vez de ficar com você?
— É, é o que estou dizendo.
— Bom, se eu dissesse que sim, ia parecer um insulto, não?
— Para mim?
— É. Para você.
— Ia correr o risco de me magoar.
— Prefiro imaginar que não pensaria no risco.
— Então provavelmente você ia me magoar ainda mais.
— Por que isso?
— É uma coisa meio insensível.
— Insensível?
— Não seríamos mais amigos.
— Somos amigos?
— Achei que éramos.
— Não tem certeza?
— Bom, sei que tivemos alguma coisa juntos. Vivemos alguma coisa.
— O quê?

— Experiências. Tempo.
— Andando de carro?
— Olhando pela janela.
— Comentando coisas que a gente vê pela janela?
— Tomando café da manhã.
— Café.
— Torrada integral.
— Dormindo na mesma cama.
— Trepando.
— Bom, é... trepando.
— Gozando juntos.
— Às vezes.
— Às vezes você, às vezes eu.
— Olhando eu me arrumar para você?
— Era isso que você estava fazendo? Aquele tempo todo?
— Não sabia?
— Fiquei me perguntando por que você me olhava daquele jeito.
— Agora você sabe.
— Aquele tempo todo.
— Saindo para jantar.
— É. Essas coisas todas.
— Essas coisas você prefere fazer só?
— Eu?
— É. Você.
— Não, eu estava perguntando de *você*. *Você* prefere ficar só?
(LONGA PAUSA)
— Você pensa em mim quando não estou aqui?

— Você?
— É, você me enxerga? Me imagina só em algum lugar? Devaneando. Fantasiando. Totalmente só.
— Sobre o quê?
— Qualquer coisa. Em estar em outro lugar, por exemplo.
— Onde?

Um restaurante bem pequeno numa estradinha de terra. Noite. Nenhum carro. Pouquíssimas luzes. Um cachorro solitário na distância. Mesa de metal com toalha branca. Vela feita de cera de abelha. Outro casal. Bêbado. Muito bêbado. Falando alto. Falando de beisebol. Procuramos nos afastar deles sem que percebam. Procuramos um pouco de paz, com educação. Eles nos seguem. Sentam na mesa logo atrás de nós. Continuam a falar alto sobre beisebol e o Campeonato Mundial. Falam cada vez mais alto. Principalmente a mulher. São de outro lugar. Colorado. Utah. Sabem que nos incomodam. Querem nos incomodar. Parecem gostar da zona que estão fazendo. Levantamos da mesa. Você vai procurar o garçom na cozinha, para pagar. A mulher começa a me insultar. O homem ri bem alto. A mulher caçoa da minha roupa. Do meu cabelo. Dos sapatos que estou usando. O homem ri ainda mais alto. Me afasto na direção que vi você tomar quando foi procurar o garçom. A mulher vem atrás, gesticulando. Agarra a minha trança comprida e não quer soltar. Giro e dou com a minha bolsa de couro bem na cara dela. Ela cai no chão. O homem começa a berrar comigo. A mulher está tão bêbada que não consegue levantar. Começa a chorar e a gritar e a arranhar os tornozelos. O homem me pega pelo ombro e me sacode de um lado para outro. Você sai da cozinha depois de pagar o garçom e dá uma joelhada no saco do cara. Ele grita e cai na estrada de terra passando por cima da grade baixa. O cachorro solitário late mais alto na distância. A mulher começa a berrar freneticamente chamando a polícia, que não se vê em lugar nenhum. O homem se arrasta patético pelo chão feito um caranguejo machucado, segurando as bolas do saco, gemendo e tossindo, gritando insinuações obscenas ao céu noturno, que está prodigamente forrado de estrelas. O garçonzinho sai da cozinha enxugando as mãos numa toalha encardida e mastigando algo quebradiço. Nós dois vamos para a nossa velha picape azul estacionada do outro lado da estrada. Andamos calmamente, de braços dados, como um casal entrando no Copacabana. O homem berra lá do chão que vai matar nós dois. Vai descobrir onde moramos. O endereço exato. Conhece gente que sabe de tudo. Vai nos deixar apodrecendo na cama. Vai nos matar enquanto transamos. Vai esperar chegarmos quase na hora de gozar e então vai puxar o gatilho. Bem nessa hora. Bem no momento em que nós dois gozamos em perfeita sintonia e sentimos como se formássemos um mesmo ser luminoso em êxtase subindo aos céus. Bem nessa hora, ele puxa o gatilho.

Uma garota conhecida minha

AGORA NÃO EXISTE garantia contra esses pesadelos. Deixo virem. Todas as manhãs, às 4h22 quase em ponto. Um breu. Deixei uma janela aberta para que o ar fresco da noite entrasse no quarto e abrisse saída para os demônios. Os demônios. Agora a lua está na janela. Lá, por trás das persianas — brilhando. Sorrindo largo. Veio de onde estava para bater bem na minha cara. Ouço os cachorros roncando na cozinha como gente velha. Gente velha quando adormece, xícara de chá no dedo indicador na frente do fogo vivo da lareira. Dessa vez sou eu num sofá no alto dos rochedos que dão para Los Angeles. Reconheço o lugar. De manhã cedinho. Um conjunto velho em estilo bangalô, com o reboco descascando. Uma garota conhecida minha me aluga uma vaga. Uma garota conhecida minha me deixa ficar num quartinho pequeno que insiste que era de James Dean, antes de ficar famoso. Dessa vez estou do lado de fora, estendido num sofá de vinil vermelho, cercado pelos trilhos para tomadas em *dolly*. Completamente rodeado. Vários operadores com seus bonés de beisebol virados ao contrário (quem começou com isso?) correm em volta, os olhos enterrados no visor de borracha das Rolleiflex. Mas não estão rodando um filme. Sou o público, imagino eu. Olho enquanto "fingem filmar" cenários urbanos delicadamente pintados: murais de compensado e tela. Cor-de-rosa, azuis, amarelos em tom pastel desbotado. Tudo em cores abafadas. Continuam correndo de uma posição para outra, os cabos suando profusamente enquanto empurram a toda velocidade o operador da câmera sentado. De vez em quando param de repente, fecham o zoom nos murais e então correm para o próximo. Ao fundo as pontas de eucaliptos gigantescos ondulam devagar. Lá embaixo, no vale, dá para enxergar a Santa Monica Freeway, rastejando. Aqui em cima tordos voam de árvore em árvore no calor cada vez mais forte. De repente meu sofá pega fogo. Uma garota conhecida minha sai correndo.

Diálogo Chantagem #4

— PENSOU NA CAPA?
— Que capa?
— A capa do livro.
— Escuta aqui... até onde você vai levar essa coisa?
— Que coisa?
— Essa ideia de que criamos de algum jeito um livro que contém belas ideias. Era só conversa. Conversa que achei que era totalmente pessoal e nunca teve intenção de ser para consumo público. Conversa que não tinha nada a ver com escrita.
— Tudo tem a ver com escrita.
— Ah não, lá vamos nós... agora você tem uma filosofia.
— Bom, mas tem a ver mesmo. Falar e escrever. São interdependentes.
— Se você diz...
— Digo, sim.
— E o que você sabe? Nunca escreveu nada.
— Agora escrevi.
— Isso não é escrever.
— O que é, então?
— Copiar.
— Pus por escrito o que já existe. Só isso.

Outra vez pelo batidão do deserto

DUAS E MEIA DA madrugada. Comecei a sangrar pela narina esquerda. Achei que ia parar se entupisse o nariz com papel higiênico e deitasse com a cabeça reta na cama. Fiquei olhando o ventilador branco do teto. Som nenhum, só um grilo solitário. Quando levantei, os meus pés descalços grudaram nas gotas de sangue no chão de tijolo do banheiro. Quando tirei o papel higiênico da narina esquerda, começou a sangrar de novo. Agora saía mais sangue da narina direita. Era um sangue muito escuro e parecia vir de algum misterioso órgão interno. Das duas e meia às cinco da manhã. Achei que conseguiria fazer parar. Já tinha tido sangramentos antes. Não queria incomodar a proprietária da casa de hóspedes onde eu estava — ela tinha cinco cachorros que faziam uma barulheira danada quando se atiçavam. Já tinha sido boa demais, me conseguindo fiança, encontrando um ótimo advogado de casos de embriaguez ao volante e me levando pela cidade através de atalhos depois de me tirarem a carteira de motorista. Às cinco da manhã decidi recorrer à ajuda dela. Disquei os seus dois números de telefone, tentando ligar para a casa principal onde ela morava, mas não consegui. Por fim, decidi ir da casa de hóspedes até a casa principal, de cueca, papel higiênico enfiado nas duas narinas e sangue espirrando para todo lado. Claro que os cachorros ficaram doidos e começaram a se esgoelar. Lila (a dona da casa) apareceu na porta de pijama e ficou horrorizada ao me ver. Não entendia bem a situação, mas percebeu que era uma emergência. Fomos até o pronto-socorro do hospital no nosso vilarejo do Novo México, usando só estradinhas secundárias e reduzindo a velocidade em todas as lombadas. (Ela jurou que era um atalho.) Na chegada, havia alguém esperando numa cadeira de rodas preta enquanto eu saía cambaleando do Honda, sangue esguichando. Uma médica irlandesa veio e, toda cheia de energia, começou a encher a minha narina esquerda com gaze de algodão que disse estar impregnada de cocaína. (Até difícil acreditar quanta gaze cabe dentro do nariz da gente.) Ela era muito dinâmica e deteve o sangramento. A médica irlandesa falou que agora devia estar tudo bem, mas que era para a minha mulher checar periodicamente e ligar se acontecesse mais alguma coisa. Tentei explicar que Lila não era a minha mulher, mas não adiantou. Voltamos pelo mesmo atalho, outra vez reduzindo a velocidade em todas as lombadas. Estava com a cabeça inclinada para trás com as narinas entupidas de gaze com cocaína, e fiquei pensando como devia ser legal nascer e crescer aqui, fazer o segundo grau aqui, então ir para alguma universidade descolada da Ivy League na costa leste, virar médico ou advogado, aí voltar para cá, fazer reuniões, ver os velhos amigos, passar o Natal com os pais ainda vivos, dar gravatas xadrez para o pai, joias de turquesa para a mãe, esquis vermelho-vivo para irmãos e irmãs. Passamos pelos museus do morro à luz do amanhecer. Estátuas de bronze de pioneiros em várias poses de sofrimento heroico. Um belo choupo canadense ocupava o canto de um campo de futebol com redes estalando de novas nos dois gols. Ainda era cedo demais para ter gente acordada, exceto os lixeiros atirando os sacos a esmo e saltando de volta no caminhão como se fosse uma diligência. De volta à casa de Lila, o meu nariz começou a sangrar outra vez e ela estancou o sangramento com um pano de cozinha. Ligou para o meu médico em Phoenix e ele achou que eu devia ir até lá e dar entrada no hospital, só por precaução. Lila se prontificou imediatamente a me levar e só precisava ligar para alguém vir cuidar dos cachorros e das plantas. Não teve jeito de mudar de ideia.

Lá fomos nós para Phoenix pelo batidão do deserto, no Honda de Lila, com o meu nariz tampado e tanques de oxigênio se batendo no banco de trás. Passamos por Bernalillo, onde Coronado massacrou todos os nativos e o meu pai foi atropelado, perto do Sage Café — onde servem ótimos ovos com pimenta-verde. Albuquerque parecia mais tediosa do que nunca e era difícil acreditar que agora é a capital americana do ASSASSINATO. Provavelmente porque não há mais nada para fazer.

Paramos na Divisória Continental para pôr gasolina e lá tinha uma charrete com toldo descorado de sol, escrito na lateral "Altitude — 2243 metros". Pegamos sanduíches da Subway num posto Phillips 66. O meu era um BMT de quinze centímetros, com pimentão, cebola, maionese e mostarda. Esqueci o que Lila pegou, mas parecia verde e saudável.

Passamos por antigas crateras de meteoritos. Lojas navajo, esqueletos de dinossauros, bisões mansos dentro de um cercado, carteiras de couro de cascavel, lojas de cutelaria, tendas de concreto, fortes abandonados, braceletes zuni autênticos, cassinos apache, *sex shops*, lojas de artigos religiosos, suportes de livros em ágata, mantas astecas, camisetas de Elvis Presley, canecas de café do Touro Sentado. Em Flagstaff trocamos na direção e segui para Phoenix enquanto Lila se concentrava no seu sanduíche de cara saudável. Flagstaff era alta e fria. Quando a gente chegou no batidão do deserto, fazia quase 50 graus. Todo mundo fechado no ar-condicionado. O trânsito em Phoenix era enorme, como agora é de se esperar, imagino eu, em toda grande metrópole dos Estados Unidos às cinco da tarde.

Demos entrada no hospital e eles estavam à nossa espera. Um quarto com vista para saguaros e ondas de calor. Passamos por um monte de gente que parecia estar muito pior do que eu: cabeças enfaixadas, pernas e braços imobilizados, parentes abafando o choro, tosses horríveis do fundo do peito, mancos se apoiando em andadores de alumínio. Cada setor tinha um grupo de enfermeiras — se movendo em grande ordem e eficiência com pranchetas, termômetros e estetoscópios —, todas de jaleco azul-marinho. Andando como um pequeno exército de formigas. Havia os habituais formulários e fichas de convênio para preencher — também testamentos em vida, pois se você de repente virasse um vegetal eles não iam te manter indefinidamente em vida com a ajuda de aparelhos. Muitas vezes imaginei como seria se você estivesse vivinho da silva, mas com ar de morto, cara de morto, cercado pelos vivos que também achavam que você estava morto, mas você não tinha jeito nem maneira de dizer que não estava morto. Muito parecido com a vida como é agora. Uma enfermeira entrou e deu a Lila instruções detalhadas, por escrito, para chegar ao hotel. De novo tive de explicar que ela não era a minha mulher. De novo tentei mostrar ao mundo exterior que eu estava isolado, que não tinha ideia do que estava fazendo, para onde estava indo, quem eram aquelas pessoas em volta de mim. De novo ninguém ouviu ou fingiram que entendiam sem entender. Sem ter a menor ideia. Primeiro se esforçaram muito em descobrir por quê, em primeiro lugar, eu estava lá. Contei detalhadamente o que tinha acontecido comigo. Que acordei numa poça de sangue meu. Que descobri que era um sangramento do nariz. Que o sangramento não parava. Que tive de acordar a minha amiga Lila (que não era a minha mulher). Que ela me levou ao pronto-socorro no Novo México e que depois disso eu só sabia que estava ali no hospital. Me perguntaram sobre a família. Falei que não tinha. Pais mortos. Irmãs longe. Filhos espalhados. Falei que nem devia estar ali, ocupando um leito de hospital — que tinha muitas outras pessoas mais necessitadas. Disseram que entendiam. Perceberam que havia algo de errado comigo, mesmo que não soubessem explicar o que era. Pedi que tentassem. Uma enfermeira disse ter notado no instante em que entrei lá. Perguntei: "O quê?" Notou o quê? Ela disse que tinha algo catastrófico em mim. Foi a palavra que usou — "catastrófico". Não fazia ideia por que eu estava ali, quem eu era ou de onde vinha. Só sabia que eu estava numa condição "catastrófica" e ia continuar sempre assim. "Assim como?", perguntei. Ela não explicou. Era muito bonita. Navajo, ou pelo menos mestiça. Tinha aquele rosto que se enchia e subia nos lados quando sorria, fazendo os olhos se estreitarem e quase sumirem. Usava uma rede de cabelo, mas que nunca parecia destoar nem dava a impressão de estar trabalhando numa confeitaria. Era atlética e se movimentava com enorme desenvoltura. Não se intimidava com nada. Faria qualquer tarefa. O seu crachá dizia "Anna Tumbo".

Naquela noite, depois de jantarmos torta de carne e batata amassada, eu e Lila assistimos a *Por um punhado de dólares*, de Sergio Leone, com Clint Eastwood quando era novo. Começo dos anos 60. De uma tremenda pieguice desavergonhada com a pior trilha sonora que já ouvi na vida. A heroína, supostamente mexicana, estava na cara que era uma gringa de olhos verdes. Os irmãos vilões eram tão "vilões" que você começava a gostar deles. Lila ficou sentada imóvel numa poltrona cinza de escritório. Não se mexeu uma única vez. Não riu uma única vez. Não disse uma única palavra. Eu estava na cama, apoiado nos travesseiros, com soro intravenoso. Anna Tumbo entrou e mediu minha pressão.

Botas de flores vermelhas

FALEI PARA FELICITY que parasse de aparecer assim — por que estava sempre aparecendo quando sabia que o meu pai estava no trabalho? Quer dizer, por que estava sempre aparecendo? Só ficou me olhando e sorrindo. Mexeu a bolsinha preta nos joelhos. Dessa vez ela estava com um *blue jeans* cortado feito bermuda e botas de flores vermelhas e pistolas gravadas. Bem faroeste. Perguntou se tinha alguma lei proibindo que ela viesse me visitar aqui em casa. Só queria ver os cachorros. Foi o que ela disse. Talvez pegar algumas laranjas. Correr entre os aspersores. Falei que não tinha nenhuma lei proibindo, só parecia meio esquisito. "Esquisito?", perguntou ela. "Não tem nada de esquisito em sermos amigos." Ela nos considerava amigos. Achei ótimo, mas ao mesmo tempo me perguntei se era assim que o meu pai veria. "Amigos?" O que isso significava para ela? Significava que, quando eu olhava a bolsa se mexendo nos joelhos dela, era só isso que eu estava olhando?

Teve umas vezes naquela época em que achei que nunca sairia vivo de lá. Teria de virar jogador de golfe famoso ou veterinário ou algo assim. Teria de escapar totalmente. Teria de usar outro nome, outro corte de cabelo, roupas de outro tempo. Começar a ouvir música de Tommy Dorsey. Sei lá. E se Felicity resolvesse me procurar? E se o meu pai descobrisse? E se o meu pai decidisse acabar comigo ou me mandar prender ou coisa assim? E se ele endoidasse por completo? Havia loucura na família, não se esqueça. Teve um tatara-qualquer-coisa — um tio, um primo, algo assim — que fugiu para ir viver com os índios tempos atrás, teve muitas esposas, muitos filhos, abandonou completamente o inglês, adotou a astrologia, tinha escravos cherokees. Sei lá. Não queria terminar assim, de jeito nenhum. Tinha de escapar de lá. Totalmente.

Será que eu simplesmente não conseguia ver? Todos aqueles anos de carro envenenado, disputando rachas. Tijuana. Identidade falsa. Prostituição. Trepadas por trás. Carreiras de pó. Corridas. Sexo. Festinhas. Mescal em garrafas prateadas. Tacos. Estacionamentos. Rádios. Benzedrina. Nariz sangrando. Brigitte Bardot. Prisão de Chino. Rock and roll. Viagem de carona até Oklahoma City.

Volto, seguindo avenidas com o mesmo nome, os mesmos prédios, mas nada é a mesma coisa. Agora não tem nada ali, só uma "horta comunitária". Verduras. Árvores de fruta. Devem ter derrubado os seis andares com uma bola de guindaste. Moleques olhando pelas escadas de emergência enferrujadas. Polonesas velhas e gordas apoiadas no rodo.

    Naquela época havia garotas brancas com agulhas pretas dependuradas nos braços magros. Esparramadas inconscientes na banheira vazia. Um cara na porta de culote de montaria e chicote na mão perguntando por "Benny", como se eu fosse dizer. O trompete num saco de papel. Cadeiras de balanço de vime cheias de *junkies*. Curly diz que aqui é igual ao Mississipi. A única coisa que falta são as portas de tela batendo e os cachorros, os *redbone coonhounds*. É o que ele me diz. Já eu cresci lá para o oeste onde a vista se perde. O único aquecimento que tínhamos era um fogão a gás. Quando o gás acabava, a gente congelava. Não que tenha acabado.

    Veja — ela estava bem aqui. Não é brincadeira. Bem aqui, comigo, naquela cadeira amarela, tomando chá gelado. Olhando os papa-figos. Observando. Este lugar é como uma encruzilhada migratória. Por aqui passa todo tipo de coisa. Grou-canadense, garça-azul-grande, picoteiro-americano. É só dizer. Basta sentar e esperar. Tomar o nosso chá. Veja — ela estava bem aqui. Aqui está a calcinha como prova. Vermelha com lacinhos brancos. Estava com ela. Deve ter deixado aqui de propósito, só para me amolar.

Nunca soube bem o que ela queria. Talvez nada. Pode ser. O que ela fazia aqui, em todo caso? Mas numa noite, numa certa noite estávamos com uma garrafa de vinho tinto e paramos na frente da cerca onde ficavam os cavalos. Ela cruzou as pernas compridas em cima do painel e o rádio estava ligado em alguma estação de Memphis — Jerry Lee, Al Perkins, alguém assim. A blusa dela era de seda rosa macia e estava com um paletó masculino risca de giz com lapela. Ela sempre falava com aquele sotaque carregado, daquela terra montanhosa distante onde Rousseau costumava se esconder com aquela roupa esquisita dele. Soprava tufos do cabelo loiro comprido entre frases pela metade, então ria e zombava como um pirata e a pele se franzia por cima dos malares altos e, ao mesmo tempo, juntava umidade se misturando com pontinhos de rímel azul. Os faróis faziam uma faixa na cerca preta e dava para ver as pernas dos cavalos entre os arames de baixo. Acima, os olhos deles brilhavam verdes e amarelos, as orelhas se contraindo, tentando escutar os nossos sons de humanos rindo. Do que ríamos, não sei. Ela achava as coisas em geral bobas. As coisas humanas em geral. Lembro que tentei ensiná-la a atirar com o meu Taurus 410 de um tiro só. Feito no Brasil, imagine. Arma simples. Uma cápsula por vez. Ela não conseguiu acertar uma garrafa de Coca a cinco metros. Piscou, fechou os olhos e deu um salto quando a arma disparou. Falei que daquele jeito ela nunca ia acertar nada. Só riu. Subiu o morro no meu Gator com o freio de mão puxado — morrendo de rir. A lama espirrava na cara da gente.

A ideia que ela tinha dos Estados Unidos era a de uma espécie de parque de diversões. Uma série de zonas desconectadas que só faziam sentido como experiência. Dava para ir a Los Angeles e viver como se fosse num filme — preto e branco ou a cores, não fazia diferença de onde você vinha, se a intenção era "ser" palerma. Não fazia diferença. Dava realmente, literalmente para "soprar no vento". Era igual na Europa? Naquela terra alta de onde ela vinha, na qual Mozart apareceu em cena aos catorze anos de idade, com o pai atrás empurrando com uma vareta. Era assim em algum outro lugar do mundo? As ideias americanas como "educação", "comércio", "ganhar a vida com o suor do rosto" não continuavam indelevelmente gravadas em algum lugar da psique? Existir era ter de se alistar num destino?

O menino que dormiu no chuveiro

DEVE TER MUDADO de roupa pelo menos sete vezes. Pelo menos. Uma águia-pescadora entrava e saía pelo quadrado de tela na janela do trailer. Torrando de quente. O roteiro em preto e branco estava dobrado no dia 42. Um sanduíche de ovos mexidos, queijo e bacon, de desjejum, estava largado úmido e meio comido numa folha amassada de papel alumínio. O café tinha esfriado. Não conseguiam se decidir sobre a sequência. Divergiam entre a 68 e a 77. Uma lembrança aleatória lhe passou pela cabeça. O seu caçula, que adorava a sensação de espirrar. Lembrou. O menino que dormiu no chuveiro. Lembrou. Enrodilhado nu nos azulejos brancos com a água quente batendo. Dormindo. A pele vermelha por causa da água quente. Lembrou aquilo. Com o que sonhava?

Para a cena 68 ele usava basicamente a mesma roupa que devia usar na cena 77, só as cores um pouco diferentes. Isso significava mudar o conjunto todo. A cena 68 exigia uma camisa de linho cor de sorvete de framboesa, calça cáqui, cinto de couro de crocodilo, alpargata de lona azul sem meia e a parte do calcanhar dobrada para dentro, feito chinelo. Na 77 ele devia estar com uma camisa cor de manga. Calça folgada azul-marinho e tênis marrom-escuro com meia branca. O cinto de couro de crocodilo continuava o mesmo. O que eles pareciam não entender era que ele, ele em si, não mudava. Continuava sempre o mesmo.

Volto e ela foi embora. A porta do fundo escancarada. Quantas vezes isso aconteceu? Sumiço — quartos vazios —, ventiladores girando devagar em silêncio. Sem bilhetes. Barulho de um aspirador de folhas ao longe. O não dito — mais alto do que um grito. Os seus orgasmos agoniados. Como um cordeiro no abate. Êxtases jamais deviam ser assim. O seu tremor profundo que atravessa as paredes e entra nas árvores tropicais — iguanas — papagaios verdes — cachorros pelados estremecendo. Ontem à noite ela me falou, com uma escova de dentes lilás pendendo da boca, que tinha ficado com o cabelo totalmente branco aos onze anos. De repente. De uma hora para outra. Assim, num estalo. Não grisalho, mas branco. Alvo. Não de medo nem desespero, mas branco de neve. Passou imediatamente a tingir de preto retinto. Agora tinge. "Ninguém sabe", diz ela. "Só eu. E agora você." Posso ver a menininha correndo em algum lugar. O cabelo branco flutuando atrás. Como se fugisse dele. Como se o cabelo estivesse pegando fogo.

Falei que não me incomodava com isso, o que agora soa pomposo e ridículo, pensando bem.

E agora?? Eu? Preso aqui numa imitação de fazenda de cana com atendentes brancos bem ajeitados andando em carrinhos elétricos de golfe, camiseta cor de limão e crachá de identificação, e vasos de palmeira. A piscina é tão nova que nem tem nenhuma marca nos ladrilhos na altura da água. Um garoto de cabelo rente tipo reco e óculos de proteção esguicha água com uma pistola de plástico para cima das magnólias. O esguicho chega lá em cima. A mãe, de biquíni com listras tigradas, adverte o menino que agora tem um adulto na piscina junto com ele. Sou eu (o "adulto"). Nado numa versão estropiada do crawl australiano e mal consigo completar uma volta, então apoio os dois cotovelos na borda verde, ofegando feito um cachorro encalorado. O que é isso? À deriva. À deriva entre vidas? É o mesmo mar turquesa da praia onde uma vez comemos ceviche e camarão grelhado? O que aconteceu entre uma coisa e outra? Para onde você foi?

Encolhimento

VOCÊ PARECE ESTAR diminuindo. Aos poucos. Não sei — talvez eu esteja pirando. Talvez seja eu. Como aquele cara quando voltou para a sua vida supercaseira no bairro depois de ter topado com uma nuvem misteriosa na proa do iate dele. Lembra? Ele confere os furos do cinto. De repente a calça cáqui está folgada demais, muitos tamanhos acima. Os pés nadam dentro dos sapatos. Está mais baixo do que a esposa, sendo que sempre foi mais alto. (Esse filme, aliás, não tem absolutamente graça nenhuma.) A esposa é muito solidária. Toda certinha com um cabelo de Doris Day. Observa enquanto ele diminui cada vez mais. Instala-o numa casa de boneca. Uma casa de boneca que o homem fez para a filha quando era de tamanho normal. A filha agora foi para a faculdade; nunca aparece. Cresceu, alcançou o tamanho de uma americana normal e deixou a casa de boneca para trás. O homem leva a vida dentro da casa de boneca, ficando cada vez menor a cada dia que passa. A esposa traz refeições em miniatura, xícaras de chá em miniatura, faz roupas em miniatura — pijamas, por exemplo, e calças e camisas em miniatura. Não conta para ninguém o que está acontecendo com o marido. Não recebe nenhum amigo nem vizinho. Fica cada vez mais aflita, mas guarda para si mesma. (São os anos 50, bom lembrar.) Continua inventando desculpas sobre o paradeiro do marido. Os vizinhos começam a desconfiar. O homem continua a encolher. A mulher fica emocionalmente abalada.

Um dia, o gato da casa ataca o homem, achando que é um inseto ou algum roedor minúsculo. Algo de comer. A esposa dá uma agulha ao homem para se proteger. Ela põe o gato num quarto separado, mas o gato sai e ataca de novo o homem. Dessa vez o homem usa a agulha e espeta a traseira do gato. O gato passa a ter cautela com o homem, agora sabendo que ele tem um espeto. Lembra tudo isso? É importante.

Aos poucos, o homem percebe que vai desaparecer. O encolhimento é incessante, inexorável. Não quer que a esposa continue a arcar com a responsabilidade. Sai pela porta de trás com a agulha enorme ao ombro, mal conseguindo erguê-la. É de noite e a luz brilhante da varanda reflete nas folhas ondulantes da grama no quintal. Parecem línguas de pato prateadas. Ele desce a escada da varanda usando um fio do cesto de costura da esposa para percorrer a face totalmente vertical dos degraus. Entra por fim no gramado, correndo para debaixo das folhas imensas ondulando à brisa noturna. Continua correndo com o fio e a agulha, colidindo em caracóis, formigas e besouros. Aranhas passam em silêncio por cima dele como robôs galácticos. Corujas e morcegos acompanham os seus zigue-zagues em pânico. Agora está ficando tão pequeno que o fio e a agulha parecem suspensos por levitação própria. Então ele apenas desaparece. (Esse filme não tem absolutamente graça nenhuma.) Lembra, não lembra?

Agora você está viajando. O teu futuro está congelado. É rapidamente arremessado do vazio desconhecido para o mundo claro e brilhante. "Programação de trabalho." "Folha de chamada." Descarregado na frente da estrutura branca de um trailer que foi rebocado pela milésima vez por todo o país desde Burbank, o nome do teu personagem colado na porta em letras pretas destacadas. Cercado de repente por gente que você nunca viu na vida. Todos efusivamente simpáticos e perguntando se você precisa de alguma coisa. Uma garrafa de água de Burma? Pretzels cobertos de caramelo? Chá de jasmim orgânico? "Tem alergia a alguma comida exótica?" Capturado de repente numa terra de luxo inimaginável onde todos parecem te conhecer de um filme mais que esquecido de quarenta anos atrás. Como começar a explicar que você não é aquela pessoa?

Buraco negro

ALUGARAM PARA NÓS uma casa de campo pelo tempo da filmagem numa área muito rural chamada Whippoorwill — Noitibó — em Oklahoma. (O noitibó, pássaro que sempre aparecia na mitologia medieval prenunciando a morte.) A casa tem espaço suficiente para que a Garota Chantagem possa ter o próprio quarto e estúdio no andar de cima. Está lá agora, debruçada sobre um livro grosso chamado *Chaos and Where It's Going*. Consigo vê-la. Melhor ficar sozinha. A casa é de um veterinário famoso que uma época cuidou dos falcões de caça de alguns xeques árabes. (Eu devia ter ficado com medicina animal.) Pelo visto, esse médico viajou para um casamento e nos deixou alugar a casa. Estou deitado de costas, vestido, na cama *king size* do veterinário, olhando o crepúsculo se transformar lentamente em noite. Penso nessa Garota no andar de cima, mas não me faz bem. Melhor ficar sozinho. Todos os equipamentos de falcoaria estão pendurados nas paredes apaineladas de pinho, esperando silenciosos a volta do caçador: chamarizes imitando codornizes num trançado complicado de nylon colorido, perdizes e patos, cestos de ombro e sacos de couro para as presas mortas, iscas, bengalas de passeio com cabos de bronze em formato de cabeça de falcão, galgos, capuzes e anteolhos, vendas com travas de couro macio, descansos redondos de grama sintética para as aves se empoleirarem quando não estão fazendo nada, varas com ponta de ferro, perneiras e luvas grossas de couro de burro, antenas e transmissores para rastrear os pássaros extraviados. Na parede acima da cabeceira de mogno há um mural colorido do Kublai Khan e o seu grandioso, o seu opulento grupo de caça: quatro elefantes brancos no centro da conflagração, sustentando um trono/estrado retangular enorme para o chefe guerreiro. Estandartes verdes e alaranjados ondulam em todos os cantos do teto em dossel; peles de tigre oferecem sombra para o grupo da realeza. Altivos batalhões de caçadores mongóis montados, arcos e aljavas presos às costas. Salukis batem as estepes, fazendo aparecer lebres e pequenos roedores. Dromedários transportam leopardos em jaulas de ferro. Chitas acorrentados se encolhem na garupa de pôneis pintados. Há águias e corujas amarradas em varas verdes de bambu. Falcões peregrinos se lançam contra patos silvestres, soltando nuvens de penas que caem em cascata na cabeça de todos. Tudo isso acontece enquanto devaneio. Uma espécie de "um dia na vida" do Kublai Khan. Uma criação mental inventada para capturar a imaginação no tempo. Como se o tempo fosse uma espiral. Como se o antigo passado fosse muito prático de segurar na mão. Ele todo.

    A luz escurecendo agora converteu o mural numa silhueta. Não consigo ouvir a Garota Chantagem. Não consigo ouvi-la virando as páginas. As bombas de petróleo silenciaram lá fora. Uma vaca solitária muge chamando o bezerro, mas sem resposta. Nenhum cachorro latindo. Nenhum coiote. Um esvoaçar de passarinhos nos arbustos da paisagem. Folhas caem. Folhas pelo concreto frio. Um peru cisca. Glu-glus. Nenhuma rã. O refrigerador dá um estalido passando para uma regulagem mais fria, no final do corredor. Consigo ouvi-la descendo a escada. Consigo ouvir os pés descalços. Não me mexo. Ela aparece, parando ao pé da cama, materializando-se na escuridão. Calada. Ali parada, me olhando, com os braços frouxos e caídos. Como um prisioneiro que já foi preso vezes demais. Continuo sem me mexer. Talvez tenha parado de respirar. Ela está de moletom cinzento, capuz cinzento, o cabelo ainda molhado do banho. Gotejando. Vai até o outro lado da cama e para. Sigo-a com o olhar. Não consigo ouvir a sua respiração. Sobe na cama e se enfia debaixo das cobertas xadrez e fica de costas para mim, sem dizer uma palavra.

 Dormimos assim. Calados. Pelo menos dessa vez não sonho.

Ela acordou na mesma exata posição em que tinha dormido: os joelhos dobrados quase até o queixo, as mãos em volta, as costas decididamente viradas na minha direção como um grande seixo rolado. Olhou pela janela panorâmica cheia de decalques das companhias de seguro alertando eventuais intrusos. Fitou a extensa pradaria verde se rosando à luz da manhã iminente. Ela sabia que não era Wisconsin. Mesmo não me olhando diretamente, sabia que eu estava acordado. Tenho certeza de que sabia. Começou a falar de mansinho sem se mexer, como que para si e para mim ao mesmo tempo. Olhei o mural. As cores estavam mudando. Os elefantes pareciam andar. Falou em tom monocórdico:

— Tive um sonho engraçado com um parque temático. Na Flórida, acho. Como a Disneylândia, mas não era. Se chamava "O fim do mundo" e estávamos num passeio chamado "O buraco negro". Todo mundo assustado e gritando. Nós, não, mas todos os outros, sim. Não dava para sentir nada por baixo. Nem apoio, nem gravidade. O fundo tinha caído. Então passamos por um túnel que se chamava "Apocalipse Now". Nunca vi esse filme. Você viu?

— Vi, sim. Brando passava a mão na careca como se fosse um filhote de cachorro e olhava a fogueira do acampamento. Dava a impressão de se orgulhar do formato do crânio.

— O formato do crânio não depende da pessoa.

— Verdade.

— Onde eles estavam?

— Era para ser o Vietnã, mas acho que foi filmado em Honolulu.

— De um pesadelo a um local de férias.

— Que outros passeios tinha no sonho?

— Tinha um que se chamava "O efeito borboleta" que fizemos separados.

— A gente se encontrou em algum?

— Sim, numa coisa chamada "Jogos complexos" em que a gente tentou se reconstituir.

— O que aconteceu?

— A gente tinha se estilhaçado num monte de pedaços diferentes. Começamos a estender pedaços nossos um para o outro.

— Muito simbólico.

— Não, parecia algo muito normal.

— Detesto aquelas coisas feito *O ano passado em Marienbad* e aquela fita do Bergman em que ele joga xadrez com o demônio.

— Esses eu nunca vi.

— É, imagino que não.

— Você cresceu numa época estranha.

— Peraí, quem é para ser esse "nós" estendendo pedaços nossos um para o outro?

— Não sei. É o que a gente está fazendo e sai tudo trocado. A minha cabeça nos teus ombros, por exemplo. Os teus pés nos meus tornozelos.

— É, tudo errado.

— É...

— É para ter algum significado?

— Só um sonho, ou pesadelo, imagino.

— Qual a diferença?

— De quê?

— Entre um sonho e um pesadelo.

— O medo. Um pesadelo não é cheio de medo?

— E um sonho não?

— Não, um sonho é inocente, não é? Leve. Não tem medo num sonho.

— Então quando o medo aparece vira pesadelo?

— Acho que sim.

— Bom, que legal que esclarecemos isso.
— É.
Ela continuava sem se mexer. Tive um impulso de passar o braço pelas costas dela, mas achei que ia perturbar alguma coisa. O fio do seu pensamento, talvez. O fio de pensamento se engasgando pelo caminho. Depois de um longo silêncio falei por falar.
— Talvez fosse a posição em que você dormiu.
— Que posição?
— Essa em que você está agora, joelhos dobrados, braços em torno deles.
Ela mudou imediatamente de posição. Esticou as pernas, enfiou as mãos nos bolsos. Continuou de costas para mim.
— Dizem que às vezes a posição em que a gente dorme pode ter muito a ver com o que a gente sonha.
— Quer dizer, se é sonho ou pesadelo?
— Acho que sim.
— Quer dizer, antes de dormir, logo antes, a gente calcula a posição, calibra, por assim dizer, para sonho ou pesadelo?
— Bom, não sei se é exatamente assim que funciona...
— E quem ia querer criar de propósito um pesadelo, afinal?
— Não sei. Talvez alguém sentindo tédio.
— Você sente?
Ficamos quietos outra vez. Fiquei imaginando se ela sentia o mesmo distanciamento que eu, atirados juntos na casa de um estranho. Coisas de um estranho à nossa volta.

Gente que nunca vimos. Tudo indicando uma vida sendo vivida nessa casa, mas sem ninguém a não ser nós. Fotos emolduradas de netos em roupas estalando de engomadas, cabelo bem repartido. Um gato da família com uma echarpe como coleira. Armários cheios de roupas alheias, dependuradas como cadáveres numa árvore. Xales xadrez e tecidos estrangeiros — coisas que nenhum de nós dois jamais usaria. Sapatos grandes demais. Sentei e estendi as pernas, os pés no carpete bege que forrava todo o chão. Quase imediatamente me pus reto, dando as costas de propósito para ela. Não se mexeu em momento algum.

— Vou ver se tem café. Deve ter uma máquina de café na cozinha — e levantei.

— Tive outro sonho — falou ela. — Logo junto com o pesadelo sobre os passeios no parque "Fim do mundo". E na mesmíssima posição. Joelhos dobrados. Quer ouvir?

Virei, mas não deu para ver o rosto dela.

— Claro — falei. — Só vou fazer um café antes.

— O teu pai aparecia.

— O meu pai?

— É. Pelo menos foi o que ele falou, que era o teu pai.

— O meu pai morreu.

— Sei disso. Mas os mortos podem aparecer em sonhos, não é?

— Ele não fala. Não fala mais.

— Nesse sonho falou.

— O que ele disse?

— Queria te agradecer por ter desembrulhado a cabecinha dele.

— Já estava morto.
— Mesmo assim queria te agradecer.
— Gentil da parte dele.
— Também achei.
— O que ele queria me agradecer?
— O ar fresco. Era a primeira vez que sentia ar de verdade depois de muito, muito tempo.
— Ar de verdade?
— Ar que se movia. Que vinha de outro lugar e fazia uma visita.
— De onde? De onde vinha? Ele falou?
— Do alto das montanhas. Sem ninguém.
— Onde?
— Foi só o que ele falou.

Fiquei ali de pé um bom tempo. Esperando mais alguma coisa. Queria perguntar para ela por que ele tinha ficado tão pequeno, mas sabia que ela não sabia. Queria perguntar para ela aonde estavam levando meu pai e todos os outros, mas sabia que ela não sabia. Não se mexeu em momento algum, nem um milímetro.

— Vou fazer café.

Na manhã seguinte, eu e a Garota Chantagem aparecemos no set. Agora todo mundo está com ar crítico e perplexo. Mesmo nessa época de pretensões liberais, desperta desconfiança — um homem de quase setenta anos com uma garota de vinte. Tabu! Não é uma "idade apropriada"! "A sua perspectiva moral não nos agrada." Ela fica na dela — descalça com uma argola fina de prata no dedo ao lado do mindinho do pé direito. Esmalte roxo-escuro. Um pesado casacão azul que vai até os tornozelos e assim ninguém pode ver direito o corpo dela. Mas não deixam de notar a sombra lilás nos olhos e o sorriso meio atravessado.

    Entramos no trailer e batemos depressa a porta de metal. Todas as lâmpadas de neon branco refulgem. Duas piscam e se apagam. O termostato está em 32 graus, só por garantia. Claro que tem uma cesta de vime enorme transbordando de damascos secos, peras rosadas, vitamina C efervescente. Amendoim caramelizado e um frasco de molho de ervas. Essa cornucópia inteira está ajeitada dentro de um ninho de Páscoa de palha amarela com a mensagem de uma longa série de produtores me dando as boas-vindas ao clube e me desejando "Bon Voyage" — como um navio novo prestes a navegar por águas sedosas e cintilantes sem qualquer sinal de um possível naufrágio. (Será que todos os atores sentem um terror iminente dessa imersão no "personagem"? Ou sou só eu?)

    Ela pega uma pera e segura nos dentes, então tira o casacão comprido e senta com os joelhos dobrados e erguidos. Está totalmente nua afora o esmalte roxo-escuro. Morde e mastiga a pera e diz que está calor demais para ficar de roupa. Pelo pescoço escorre sumo de pera. Ela abre o roteiro e examina as páginas com destaque em amarelo. Começo automaticamente a recitar os meus monólogos em voz alta sem tentar ênfases nem "intenções" (não sou ator da escola de método). Morde e mastiga a pera e me corrige toda vez que tropeço.

    Depois de ajeitar o colarinho da camisa do meu figurino e pôr de volta o casacão, vamos até o trailer de maquiagem.

Falo que quero que ela fique sempre do meu lado, aconteça o que acontecer. Não responde. Mantém a cabeça baixa, gola erguida. Muda. As unhas roxas dos pés faíscam entre a grama seca. O escurecer vem chegando. O sereno vem caindo. Lembro a pergunta de Bruno: "O que é um escurecer de primavera?", mas a primavera se foi. O povo todo aqui em volta dessa "locação" vive a vida inteira atrás de carvalhos gigantes. Das varandas cobertas despontam luzinhas atravessando os campos. Me pergunto o que acham de nós. Alguma fantasia glamorosa? Talvez achem que estão presos e nós é que vivemos a vida de verdade. Talvez achem que estão definitivamente exilados da vida dos seus sonhos.

Caem bolotas de carvalho em pencas. Esquilos pretos. Pitbulls se batem alvoroçados contra a grade da cerca. As luzes de segurança se acendem na entrada de carros de uma casa. Não há ninguém lá.

Depois da maquiagem voltamos pela grama seca e entramos no set — uma casa rural de madeira provavelmente construída nos anos 30 rodeada por uma varanda. É de noite. As janelas das águas-furtadas sorriem como uma abóbora iluminada do Dia das Bruxas. Ali dentro, o cheiro conhecido de gel aromatizante de tabaco e fita adesiva preta vedando as janelas contra qualquer passagem de luz. O ar se adensa. O caos da equipe de filmagem correndo para cá e para lá preparando as coisas. Alicates, braçadeiras, holofotes, luvas, pranchas elásticas, fitas isolantes, caixas de maçãs, antenas, fones de ouvido, *walkie-talkies*, címbalos de bateria, obturadores, plaquetas eletrônicas, marcas de giz, trilhos de câmera. Um frenesi silencioso. Uma linguagem codificada salta de parede em parede numa urgência calada. Levo a Garota Chantagem para uma das saletas laterais e apresento ao diretor, que está sentado com o consultor do roteiro atrás de dois monitores suspensos. Deixo ela ali e entro no set. Ela pode se cuidar sozinha.

Estou fazendo o papel de um alcoólatra de idade que entrevista uma moça índia osage para cuidar da esposa que tem dependência de remédios, diagnosticada com câncer do útero e precisando, claro, de alguém para levá-la a Tulsa para as sessões de quimioterapia e trazê-la de volta. A atriz que interpreta a garota osage é na verdade uma pé-preto do norte de Montana, mas quem num público basicamente branco em algum cinema multiplex nos grandes shoppings de sociedades anônimas dos Estados Unidos sabe diferenciar uma osage de uma pé-preto? E quem liga? Índio é índio. A correria habitual de último minuto com luzes, acessórios, figurinos, perucas, prossegue frenética enquanto continuo tentando digerir o roteiro. Está bem escrito — muito melhor do que a maioria —, mas ainda difícil de absorver. A linguagem contém o personagem, para mim. Só depois de repetir as frases de várias maneiras em voz alta é que o personagem começa a aparecer como um negativo no banho de revelação. A moça pé-preto parece assustada. Está rígida, sentada na beira da cadeira para a maquiagem e o figurino.

Converso e ela relaxa um pouco. Só nós dois falando no meio daquele turbilhão caótico e insano. Pergunto se conhece um amigo meu chamado Dutch lá de Browning, perto da reserva dela; conhece. É meio irlandês, meio pé-preto — um dublê com quem trabalhei anos atrás, cujo pai criava cavalos de coice para rodeios. Toda primavera, levavam o plantel inteiro a Cut Bank até a arena do rodeio, bem no centro da cidade. Enquanto falamos, os encarregados dos acessórios experimentam alianças em mim, colares nela; o pessoal da maquiagem passa pó compacto no rosto e nas mãos dela; o pessoal do figurino se atrapalha com as nossas roupas; o pessoal do penteado penteia, escova, passa laquê. Todo mundo tenta fazer o que lhe cabe; trocamos olhares enquanto as atividades continuam ao nosso redor e conto um episódio que aconteceu com Dutch quando estava de dublê para uma "americana nativa", perseguindo um lobo branco a pé. Era filmado por trás, então não se via que era um homem. Ele estava com uma peruca preta comprida e uma réplica da roupa da índia. O lobo branco tinha vindo de Los Angeles, trazido pelo treinador de cabelo loiro oxigenado na jaula de um caminhão especial uma semana antes para o bicho ter bastante tempo para se aclimatar. O treinador trouxe água especial, carne especial, mantas especiais. Era um lobo mimado. Antes de tentarmos rodar a cena da caça, o treinador reuniu todo mundo para explicar em voz baixa as condições muito especiais para trabalhar com um lobo. Em primeiro lugar, nenhum de nós, em hipótese nenhuma, podia olhar diretamente nos olhos amarelos do lobo. Se alguém olhasse, o treinador não se responsabilizaria pelas consequências. Em segundo lugar, todas as mulheres que estivessem menstruadas tinham de deixar o set — sem exceção. Em terceiro lugar, não era permitido nenhum ruído alto ou movimento súbito — se fosse preciso acender de repente alguma luz, ele, o treinador, devia ser informado com bastante antecedência. Não se devia comer carne de espécie nenhuma — hambúrgueres, cachorros-quentes, sanduíches de atum, nada. E, por último, ele só podia garantir três tomadas de caça; depois de três, o lobo podia perceber a repetição e avançar no dublê ou, pior, no operador da câmera — ou, pior ainda, o nosso grupo inteiro de frágeis seres humanos seria feito em pedacinhos. Dito isso, fomos em frente.

Mais tarde, quando eu e a Garota Chantagem estamos indo para a enorme barraca de alimentação acesa como uma tenda de circo à noite, ela se mostra empolgada com o que acabou de ver na tela. Pergunto sobre a cena — se era minimamente plausível.

— Era — diz ela —, mas do que você e aquela garota índia estavam falando antes que ligassem a câmera e a cena começasse?

— Ah, nem lembro — respondo. — Por quê?

— Porque eu não sabia bem se você estava "atuando" ou não.

Continuamos lidando com o roteiro enquanto começo a provar as roupas: coletes com bordados dourados em volta dos bolsos, cuecas de época com botões na braguilha (nunca ninguém vai ver a cueca, mas imagino que seja um toque de autenticidade), camisas de colarinho alto, abotoaduras de pérola. De repente percebo — enquanto tento passar a cabeça de uma abotoadura de pérola pela casa da manga da camisa engomada — que as costas da Garota são cobertas por uma penugem alaranjada quase invisível, como um pêssego novo. O neon a ilumina por trás. Lambo o meu dedo e passo nos pelinhos minúsculos só para conferir se não estou vendo coisas. Os cabelinhos ficam em pé. Os ombros estremecem de leve, mas ela não faz nenhum som, só continua me dando as falas. Os monólogos são gratuitamente empolados, mas interessantes de dizer — variações, imagino, de uma voz acadêmica maneirista à T.S. Eliot. Está aí um poeta anglófilo que nunca me apaixonou — ideias essenciais cheirando a gim insípido e suicídio. Peço para a Garota Chantagem que me ajude com o colarinho duro. Precisa pôr e prender umas botoeiras douradas para ficar erguido. Ela vai por trás da minha nuca. Posso sentir os mamilos firmes e pontudos roçando o linho da minha camisa. Imagino-os dourados como as pecinhas de latão. Posso sentir o hálito dela atrás de mim. Sei que está ali, forcejando, o roteiro embaixo da axila raspada. Mordiscando o lábio inferior. Concentrada. Transpirando.

De repente, a equipe de figurinistas irrompe no trailer carregando camisas em cabides de arame nos ombros. A Garota Chantagem nem se vira para eles, só continua lidando com o meu colarinho com a língua de fora. A equipe para ali espantada com a nudez. Uma delas sai disparada. A outra fica ali estoica e diz:

— Desculpe, eu devia ter batido.
— Tudo bem. Só provando as roupas.
— Alguma delas dá a impressão de combinar com o personagem? — pergunta.
— Ainda não sei quem é o personagem. Acabo de chegar.
— É, eu sei, mas quero dizer, a "sua" visão do personagem. Como você "vê" ele.

— Não tenho uma visão do personagem. Não vejo ele, não mesmo. O personagem. Por mim, podia ser um fantasma. Alguém que você espera encontrar em plena luz do dia.

— Desculpe — diz ela em voz mansa enquanto sai do trailer, fechando a porta de leve com um estalido metálico.

Questão de continuidade

ELA TINHA FAMÍLIA, afinal. Pai. Mãe. Irmã. Irmão. Uma casa. Um quarto ao qual voltava dia após dia. Centro-oeste. Eu, eu tinha o meu figurino e barba de dois dias. Precisava manter assim por uma questão de "continuidade". A barba. Não de três dias. Não de dois dias e meio. Mas de dois dias exatos. A câmera pegava a diferença. Um daqueles filmes de "micro-orçamento", como dizem hoje em dia, em que a bem dizer a gente não tem trailer, não tem privacidade nenhuma, e assim acaba vagueando de um quarto ao outro nesse hotel vagabundo, em que a roupa do personagem fica pendurada torta, sem vida em cabides de arame, e mais outro quarto onde ficam os livros e coisas de toucador. Vagueando por longos corredores acarpetados, manchados, estranhos aparecendo pequeninos na distância, então aumentando e ficando mais alertas enquanto você se aproxima, quando de repente veem que você realmente está com uma cara muito assustadora com aquela barba de dois dias, não percebem que só está interpretando ou em vias de interpretar um personagem e acreditam no que os olhos veem quando você passa, que você de fato podia ser aquela coisa psicótica real e capaz de fazer mal de verdade a eles mesmo sem querer. Só de passar ao lado. E chega ao ponto em que você realmente se diverte em apavorar os desconhecidos quando vai tomar o café da manhã. Chegando mais perto, cada vez mais perto deles no longo corredor manchado, recusando-se a desviar os olhos. Recusando-se a evitá-los. Forçando-os, na verdade, a débeis tentativas de sorrir cordialmente à maneira matinal americana bem-educada ou a te ignorar por completo como se você fosse apenas mais uma barata no sistema. Não adianta você se dizer que esse troço horrível vai durar só mais três semanas, como uma pena de prisão em que você fica riscando os dias num calendário improvisado. X nos números. Contando os dias. Uma parede de concreto áspero.

Agora sinto que estou ficando com raiva. Uma onda me toma. Talvez seja alguma séria entropia que tem a ver com a deterioração inevitável do cérebro e da mente. Talvez algo como a loucura de Otis no século XVIII de pé à sua janela aberta, mãos atrás das costas, fitando o gramado úmido escuro do parque, pegando uma pistola de pederneira de uma mesinha francesa delicadamente entalhada e disparando na noite de Boston. Talvez seja algo assim. Os britânicos continuam em formação rígida — olhos firmes em frente, mandíbulas cerradas, quepes de pele de urso preto-brilhante e botas engraxadas.

Em todo caso, o meu plano era construir cuidadosamente um personagem, grão por grão, no sentido de sedimento — como às vezes ele se deposita no fundo de um copo com água do rio antes de darmos um grande gole fresco. Não deu certo, claro. Não tinha nada de "cuidadoso" naquilo. Não sei o que eu estava pensando. Eu estava no quarto 329, no térreo, dando diretamente para as águas estagnadas de um pequeno tributário do Hudson. A cidadezinha em si foi concebida na metade do século XVII, incendiada e saqueada pelos britânicos em 1777 e coberta de celeiros feitos com pedras brutas. Esse hotel de estrada deplorável era construído nos moldes de um Holiday Inn tradicional, sem o laminado plástico verde-lustroso nem a marquise acolhedora para os caçadores de cervos. Todo dia tinha alguma reforma sendo feita num andaime de 12 x 12. Operários de construção com capacete amarelo e botas com ponta de aço entravam e saíam dos banheiros sinalizados com "Apenas para portadores de deficiências", arrastando pedaços de reboco e pó. Não tinha serviço de lavanderia nem restaurante. Uma máquina de batata chips que engolia várias moedas de 25 centavos e uma camareira com sotaque letão que nunca entrava no quarto a menos que a gente pusesse uma plaqueta "Favor trocar os lençóis" na maçaneta da porta. Filetes de sujeira cinzenta pendiam como esporos de cogumelos na grade do ar-condicionado. Caixas de plástico preto cheias de veneno de rato aninhadas na grama tomada pelo mato no lado de fora da janela.

O primeiro, primeiríssimo elemento que captei com certeza nessa minha "busca do personagem" foi o "exílio". A sensação de estar "apartado" como modo de vida. Como um ser humano fica à deriva. Algo que eu conhecia muito intimamente. Estava nessa de novo. A Garota Chantagem parecia ter sumido outra vez — caída no abismo. Muito provavelmente desatenção minha — falta de enviar mensagens. Falta de sentir receptividade. Imagino. Não sei. Tinha isso em mim. "Exílio." Conhecia isso. Não precisava ensaiar. A minha vida inteira era um preâmbulo.

Obras do acaso

— ENTÃO VOCÊ QUER QUE eu acredite que o meu pai morto em miniatura te visitou num sonho e te pediu para me agradecer por deixar ele respirar um pouco de ar fresco?
— Não quero que você acredite em nada.
— Está só inventando?
— Por que eu faria isso?
— Para atiçar a minha curiosidade, talvez. Me fazer pensar que tem algum simbolismo envolvido... coisas que podiam significar "outras" coisas.
— Você não acha que isso acontece com tudo?
— Não. Não. Na verdade, não acho, não. Acho que algumas coisas são exatamente o que são.
— O quê?
— Só fatos. Obras do acaso. Circunstâncias. Encontros inesperados. Momentos no tempo.
— Obras do acaso? Que expressão mais antiga.
— Você entende o que quero dizer.
— Acha que é nosso caso?
— O quê?
— "Obra do acaso". Acidental?

Talvez tenha ficado sem graça. Quer dizer, eu ficaria, se fosse ela. Ligando e me dizendo que tinha gravado todas as nossas conversas pelo telefone! Quer dizer, é uma quebra total de confiança e confidencialidade. Na hora nem acreditei que ela estava me dizendo aquilo, foi um choque total. Como se ela tivesse virado outra pessoa totalmente diferente. E aí transforma a coisa toda num jeito de entrar no mundo literário! Que mundo é esse? Mesmo assim, fiquei imaginando. O que ela realmente queria?

Como eu era naquela idade? Me importava com o que os outros podiam pensar? Me importava com o que os outros podiam imaginar? O que eu queria? Levar o lixo do Duke's Cube para fora. O sol ainda sem aparecer. Os caminhões de lixo gemendo no quarteirão. Os gatos correndo para se abrigar. A leste na Bleecker Street, passando o velho Village Gate, passando o Gaslight na esquina, atravessando a cidade. Tommy Turrentine levando o trompete num saco de papel. Os olmos negros do Tompkins Square Park. Cheiro de *borsch* no ar. Cogumelos e cevada. Janelas soltando vapor de dentro. Alguém de avental branco passando rodo no chão. E o ônibus com o motorista já cantando um trecho de *Porgy and Bess*. O que eu realmente queria?

Continue andando. Algo vai estalar. Alguma fenda no céu noturno. Mantenha o rio à sua esquerda. É ela outra vez, não é? Se esgueirando, indo embora. Alguma manchinha de luz. A única coisa que você vê de vez em quando é o brilho de aço azul, de vez em quando a cintilação de cavilhas de quatro lados. Olhando reto para cima, você acha que vê moitas, montes, ou serão árvores dos dois lados? Ou animais enormes? Algo dormindo. Os trilhos estavam bem aqui. Como fui perdê-los? Como pude ser tão descuidado? No mínimo dos mínimos devia ouvir um trem, não acha? Em todo esse espaço — nada para deter o som. Devia estar agora à minha direita. Tomara que ela tenha ido embora quando eu voltar. Devia estar agora à minha direita. Tomara que ele também, para dizer a verdade. Pare de ver coisas imaginárias — seres, seres imaginários. É isso! Estão dentro ou fora? Quanto me afastei da pensão? Nunca me perdi totalmente. Assim. Sempre havia algum poste, alguma placa, alguma pedra, alguma vareta. Esses seres parecem totalmente indiferentes à minha andança. Por eles, na verdade, melhor se eu nem estivesse aqui. Tentei convencê-los a me banirem de vez — aí pelo menos eu ficaria livre deles. Excomunhão. Mas não falam a minha língua. Não falam língua nenhuma. Só pairam e gemem. Ondulam e sopram. Como se eu simplesmente não estivesse aqui.

Eu nunca tinha estado antes com uma mulher assim desse jeito, principalmente uma mulher mais velha, embora Felicity só tivesse catorze ou quinze anos na época. Ela parecia enorme. Eu me perdia no corpo dela. Tinha peitos imensos que se erguiam como ondas distantes no mar dentro do sutiã, que devia ter pegado "emprestado" da mãe. As tábuas do chão pareciam de pedra nos meus joelhos. O tapete gasto tinha escorregado e eu nadava por cima dela, me abanando como se não fosse conseguir me desvirar. Ela começou a gritar e a fazer aqueles mesmos barulhos que tinha feito com o meu pai na primeira vez. Achei que a voz dela devia alcançar pelo menos uns cinquenta quilômetros em torno. Passando por cima dos bois pastando, dos lagartos correndo. Fechava os olhos bem apertados e agarrava o meu cabelo aos punhados. Eu continuava rezando para que o meu pai não aparecesse no meio de tudo isso. Depois de dias ela esperando por ele, vai que ele finalmente aparece no meio de tudo isso! Nem dava para imaginar! Eu montava nela como um pônei tentando não cair. Ela deslizou, me agarrou entre as pernas e me enfiou dentro dela. Foi uma confusão tremenda. Esporro por todo lado. Ela se ergueu de repente, juntou todas as roupas e saiu correndo pela porta da frente, seminua, então deu meia-volta na varanda e entrou correndo outra vez, vindo por cima de mim. Eu ainda estava estendido, atordoado. Achei que ela ia me esmagar. O simples peso dela. O osso pélvico. Achei que tinha acabado e lá estava ela em cima de mim outra vez, só que pior — mais selvagem, mais enorme. Abriu a boca e vi bichinhos minúsculos fugindo: bichinhos presos dentro dela esse tempo todo. Fugiam como se algo fosse apanhá-los e arrastá-los de volta para a prisão. Podia senti-los pousando na minha cara e rastejando pelo meu cabelo, procurando um esconderijo. Toda vez que ela gritava, os bichos fugiam em pequenas nuvens de mosquitos minúsculos: dragõezinhos, peixes-voadores, cavalos sem cabeça. Saíam tropeçando, se atropelando um no outro. O incrível foi que fiquei duro esse tempo todo. Mesmo depois de ejacular. Duro como se batesse continência. Deve ter sido por isso que ela voltou.

Depois disso evitei o meu pai. Podia vê-lo de tardinha na cadeira de balanço com um copo de uísque e um copo de leite ao lado, cutucando as cicatrizes dos estilhaços de metralha na nuca e olhando para o nada na varanda da frente. Eu continuava achando que de alguma maneira ele sabia sobre mim e Felicity. Que ela tinha contado para ele num momento de pânico. Que de repente tinha tido um surto de "honestidade" e abriu o bico. Era por isso que ele estava sempre fitando a distância. Mas não fazia sentido que ele não tivesse me atacado logo — na hora em que soube. Por que ia esperar? Não era homem de calcular cuidadosamente as suas ações. Se me expulsasse, para onde eu iria? Bakersfield?

Era nesse tipo de coisa que eu pensava enquanto me afastava da casa. Quando anoiteceu, fiquei de olho na luz da cozinha. Fui tropeçando entre os sulcos do arado e tentando ficar bem na margem dos campos para não estragar as sementeiras ou os brotos já despontando. Os nossos carneiros me ouviram chegar e se afastaram da cerca de arame numa explosão de massa cinzenta. Vi a luz do quarto dele se acender e sabia que estava escovando os dentes com o copo de uísque ao lado na pia de porcelana. Era o mesmo quarto em que fiquei observando Felicity que pulava no colchão. O mesmo quarto em que a vi atirar o caneco de vidro. Uma coruja alvíssima mergulhou para pegar um camundongo, agarrou-o e saiu voando no escuro. O que eu perguntaria ao meu pai se tivesse coragem? Perguntaria quem é? O que pretende ser? Perguntaria o que pensa? Se "vê" alguma coisa? "Vê" ela e eu? Se acha que me diverti com ela pelas costas dele? Deixei ela excitada e agitada? Que fiz surgirem aquelas manchas vermelhas no pescoço e no rosto dela? Suando. Fiz ela tirar a calcinha e o sutiã da mãe e deixar no azulejo do chão? Acha que talvez seja eu quem ela realmente ama?

O homenzinho minúsculo na praia

AGORA ESTÃO NA PRAIA. Carpinteria ou Ventura — muito quente e luminosa. O Mercury 49 está estacionado na beira da estrada, de frente para o Pacífico batendo. Todas as janelas estão abaixadas e o porta-malas está aberto. O ar marinho passa soprando areia contra as muretas, deixando-as meio soterradas. Nenhum dos cadáveres em miniatura aparece. Só o carro — como se tivesse sido abandonado às pressas. Ninguém por ali. Só vento. E mais vento.

Lá embaixo na praia, muito abaixo dos penhascos, as miniaturas estão deitadas em fila na areia, como se tomassem banho de sol, mesmo estando todas mortas. As gaivotas voam em círculo sobre elas, esperando a ocasião de pegar e estraçalhar alguma. Os gângsteres estão deitados em linha reta ao lado dos cadáveres. Também parecem tomar banho de sol, mas estão todos plenamente vivos. Dois estão sem camisa e passam óleo de bebê na pele morena azeitonada. Todos os gângsteres estão com seus chapéus de feltro e todos estão com óculos escuros daqueles caríssimos, de design italiano, com um nome de marca que não sei pronunciar. Nenhum usa filtro solar. São orgulhosos demais da sua herança siciliana para andarem de nariz branco feito um bando de palhaços de circo. Todos tiraram os sapatões e as meias de seda preta. Mexem na areia os dedos dos pés tratados em pedicure, assobiam para as moças que passam. Chamam um grupo de garotas e lhes mostram a fila de cadáveres em miniatura, todos deitados de costas. Tomando sol. As garotas fogem horrorizadas, gritando, tampando o nariz, embora o cheiro da morte ainda seja muito leve através do filme plástico. Uma delas corre para o mar como se estivesse a ponto de vomitar. Todos os gângsteres, com os seus chapéus de feltro, soltam risadas histéricas e trocam palmadas com tanta força que um deles fica realmente achando que quebrou o pulso. Um garçom negro aparece, de smoking e luvas brancas, dirigindo um carrinho elétrico de golfe. Todos pedem mojitos, menos um, que prefere vodca com tônica. O garçom negro pula de volta no seu carrinho elétrico de golfe depois de anotar os pedidos e vai para a sede do clube. A gente consegue enxergar o telhado numa colina distante onde há um conjunto de palmeiras finas ondulando.

Montes do próprio esterco

A COISA DAS FAZENDAS de engorda de gado que você mais lembra é o cheiro — a gente sente o cheiro muito antes de ver os bois, geralmente uma cruza de Holstein, apertados em grupos indiferentes em cima de montes do próprio esterco. A gente imagina que pressentem a morte — o futuro como bifes de hambúrguer congelados —, mas seria dar a eles uma presciência que não têm. As manhãs em San Joaquin sempre têm neblina. As origens dela são misteriosas, porque ali quase nem há umidade. A única água são as plácidas valas de irrigação: os aspersores enormes gotejando; tubos transportáveis de Plasticine branco na ponta das leiras de alface. A gente chamava a neblina de "Névoa de Tule", quando trabalhava no verão carregando fardos quadrados de alfafa nos caminhões. Isso era mais para o sul, embora lá, em volta de Chino, tivesse mais vegetação e chovesse um pouco.

No quinto dia direto em que Felicity apareceu, pedindo de novo para ver o meu pai que nunca estava lá, meti na cabeça que ia fazer a pé os trinta quilômetros até o confinamento de gado. Como de costume, falei a ela que entrasse e saísse do sol que torrava, disse, como sempre, que sentasse na cadeira de vime e servi o costumeiro caneco de chá gelado.

Ela se sentou exatamente do mesmo jeito de sempre — reta, sem apoiar as costas na cadeira. Pôs a bolsinha preta no chão e apoiou o chá gelado do mesmo jeito — nos joelhos, sempre bem juntos, apertados e muito bronzeados. Inventei alguma desculpa para voltar à cozinha e saí disfarçado pelos fundos, tomando cuidado para que a porta de tela não batesse atrás de mim. Corri uns cem metros, até doer o peito, e então fui em passos largos até a Highway 5.

Os pedros-ceroulos trinaram e então saíram em bando de um campo de cevada, pousando nuns postes de algaroba. Como índios num ponto de ônibus, eles nunca olham a gente de frente. Tinha gafanhotos por todo lado e moscas-varejeiras arremetiam no olho da gente como se fossem cegas e suicidas. Tinha turmas de lavradores japoneses trabalhando nas plantações de morango com chapéus de palha no formato de gotas de chocolate de ponta-cabeça. Uma fila comprida de eucaliptos gigantescos marcava o acostamento da estrada e sombreava hectares e mais hectares de abobrinhas.

Comecei a bolar o que ia dizer ao meu pai quando chegasse lá. Uma espécie de monólogo esfarrapado enquanto continuava na direção de uns carros que formavam um borrão na minha frente, subindo para San Francisco ou descendo para Los Angeles em linha reta. "Ela está realmente desesperada para te ver, pai. Não apareceria todo dia se não estivesse. Bom, você podia dar um pulinho na loja de bebidas e ligar para ela. Ou então podia me dar um recado que passo para ela. Ou um bilhete. Um bilhete ia ser melhor ainda, não acha? Ela ia ver que você assinou e tudo. É quase como falar ao vivo. Ela até podia imaginar a tua voz. O teu rosto. Como se você estivesse falando com ela. Isso ia — não sei, isso ia tranquilizar ela ou — quem sabe, ela ia se sentir melhor sobre você. Entende? A situação toda. Acho que ela realmente gosta de você. Mesmo. O jeito como fala de você. Quer dizer — não dá para aguentar quando ela aparece te procurando e você nunca está lá. Não sei o que fazer. Não mesmo. Quer dizer, não sei o que fazer. Às vezes tento conversar, mas você sabe que não sou muito bom nisso. Não sei o que fazer. Invento coisas. É isso."

    A trilha até Coalinga era quente e cheia de pó. Nem tentei pegar carona. Nunca param mesmo, quando estão indo tão rápido. De vez em quando, um vendedor de seguros tipo bicha velha. Dá para sacar na hora. Viajando sozinho. Um monte de ternos e camisas em cabides de arame atrás dele. O saco vermelho para fora da braguilha. Continuei pela vala do acostamento entre fraldas descartáveis, tampas de garrafas e camisinhas usadas. Nas cercas, corvos e tordos. Um cara num trator velho tentando ser o "pequeno agricultor independente" resistindo contra os "Big Boys". Placas sobre os direitos de água e que a falta de água era culpa dos políticos. Amendoeiras brancas totalmente floridas. Caixas de abelhas polinizando damascos. De vez em quando uma banca de frutas na beira da estrada vendendo figos e melancias. Eu não via a hora de sair desse lugar.

    Comecei a pensar como Felicity tinha conseguido encontrar a gente. Como apareceu aqui neste vale esquecido por Deus. Ficou claro para mim que Felicity era o que a gente chama de "de menor", "isca de polícia" ou coisa assim. Caras mais velhos costumavam usar essa expressão, "isca de polícia". Alguma coisa ilegal dessas ou não teriam levado o cara. Os policiais. O meu pai. A gente não precisaria ter se mudado da pensão em plena noite como aconteceu. Ele nunca precisaria ter pegado um emprego na fazenda de engorda. Não sabe nem montar a cavalo. Só guia uma picape. Filas de gado para cima e para baixo, mugindo e esperando os fardos de alfafa. Talvez aquela mulher de casaco comprido cor-de-rosa fosse a mãe de Felicity e nos seguiu em segredo. Não sei por quê. Talvez as duas tenham uma casa aqui. Em algum lugar da cidade. E a mãe manda Felicity aqui todos os dias. Dia após dia. Que nem uma espécie de isca. "Isca de polícia", pode ser isso. Por que ela não está na escola? É verão. Não que a mãe dê alguma bola para educação. Não consigo imaginá-la preparando Felicity para alguma escola feminina chique na costa leste ou algum lance da Ivy League aonde vão para o "ensino superior". Não que Felicity, aliás, fosse querer esse tipo de coisa. Sei lá.

Quando finalmente cheguei ao confinamento, só tinha gado, poeira e um fedor de chorar. Não dava para ver nenhum outro ser humano. Quilômetros de gado. Preto. Branco e preto. Vermelho. Cinza. Malhado. De todo tipo. De todo tamanho. Moscas. Merda. O ar dava a impressão de que tinha uma guerra ali por perto. Era a impressão que dava.

Guerra e morte. Túmulos em massa. Desolação. Pogroms. Nenhum ser humano. Nada, só o mugido constante dos bois como se tivessem perdido a mãe para todo o sempre. Vi uma caminhonete quilômetros adiante numa das trilhas. Parava de tempos em tempos. Saía um homem que tirava e jogava um saco de ração nos cochos, então passava um forcado por cima enquanto os bois enfiavam a cabeça entre os canos e passavam a comprida e viscosa língua branca pelas bolotas verdes da ração. O homem jogava o forcado e o saco vazio na traseira da caminhonete e saltava para a direção. Rodava mais uns metros, parava e repetia a mesma coisa. Fiquei lá um tempão só olhando. Tive vontade de acenar o braço, mas não acenei. Via a caminhonete chegando cada vez mais perto, mas de alguma forma sabia que o motorista não me via. Tinha certeza de que era o meu pai. Quem mais havia de ser? Virei e fui embora — os trinta quilômetros de volta para casa. Quando cheguei, Felicity tinha ido embora.

O homenzinho minúsculo outra vez

DUAS MOCINHAS DE cabelo roxo, argola de prata no nariz, com o peito de fora, vêm passeando. Estão muito orgulhosas dos seios firmes que acabaram de untar com óleo e dos mamilos rosados sempre erguidos com piercings de alfinetes dourados. Todos os gângsteres se põem sentados ao mesmo tempo e ficam prestando muita atenção. Chamam as garotas e mostram as miniaturas. Um dos gângsteres, notando os alfinetes, pergunta se não machucam. As duas o ignoram. A mais baixa se ajoelha na frente da fileira de miniaturas mortas e pega uma delas. Segura-a na palma da mão. É o meu pai. Outro gângster diz: "Cuidado", mas a garota começa a desenrolar o filme plástico da cabeça dele. O mesmo gângster faz um gesto como se fosse lhe tirar o cadáver de meu pai, mas se interrompe ao ver como ela está procedendo com delicadeza. Todos os outros gângsteres, com os seus chapéus de feltro, observam enlevados. Enquanto a baixinha remove o plástico, aparece a marca do dardo na testa dele num ponto vermelho-vivo. Ela encosta a ponta da língua muito de leve na marca, então embrulha de novo a cabeça e põe o corpo minúsculo de volta na fila com os outros. Então se levanta e espana a areia dos joelhos. As duas garotas se dão as mãos e vão embora. Todos os gângsteres se põem de pé ao mesmo tempo e aplaudem como se estivessem num teatro, mas as garotas continuam andando. Não olham para trás. Na distância, dá para ver o garçom negro apontando na colina da sede do clube, voltando no seu carrinho de golfe elétrico. É isso o que consigo lembrar. As imagens começam a se desfazer.

Uma careta não é um grito

COMO OU POR QUE ele encolheu nesses vários sonhos e aparições é uma coisa que não entendo. Outra pergunta que eu tinha era se foi antes ou depois da sua morte nesta terra. Antes da morte, recuando para 1968 ou 1969, acho que ele já tinha encolhido um pouco nos ombros e no pescoço, mas isso também fazia parte do processo natural de envelhecimento. Quer dizer, é o que sempre dizem sobre os velhos, não é? "Antes ele era muito mais alto, até que aquele cavalo caiu em cima dele" ou "Antes ele era muito mais gordo, até que apareceu aquela mulher que não sabia cozinhar" ou "Antes ele era muito mais largo, até que o rio rompeu as margens". Não interessa. As pessoas falam. Pode ser também que eu esteja sonhando com ele desse tamanho — minúsculo — porque é uma maneira de me distanciar — mas isso é um pouco freudiano, não acha? Como se tivesse algum tipo de inteligência externa movendo tudo isso — o subconsciente ou alguma bobagem do gênero. Coisa em que acho difícil acreditar. E, afinal, por que eu ia querer me distanciar? Não tenho medo de nada. Pelo menos não dele, do meu pai. Talvez seja a dor — o sofrimento dele. Mas por que ter medo do sofrimento dele? É isso que eu queria saber.

O que há nisso aí? Para mim, quero dizer. Difícil dizer o que era para ele. Quando você vê uma pessoa fazer uma careta ou se contrair, o que você acha que ela está sentindo? O que te passa pela cabeça certamente não é prazer nem felicidade. Nenhum dos dois. Quer dizer, imagino que uma careta ou uma contração pode até certo ponto significar qualquer coisa, mas você tem mesmo como sentir realmente o que sente o cara que está careteando ou se contraindo? Bom, que seja. O que estou tentando ver é o medo do sofrimento do sofredor. É possível, isso? Medo de quê? De que o sofrimento venha para você? Como se já estivesse ali e ver o sofredor sofrer apenas liberasse o que já está ali dormente, mas raramente sai. Ou é a impossibilidade de saber? Uma coisa é certa: uma careta não é um grito e uma contração não é um gemido de angústia. Mas uma miniaturização só faz a gente observar mais de perto.

Felicity desapareceu. O meu pai foi andar na estrada à noite. Falou que não conseguia dormir, mas sei que era mais para procurá-la, esperando que ela aparecesse. Ele quase nunca falava sobre isso. Na verdade, quase nunca falava, e ponto, só cutucava as cicatrizes na nuca e olhava o fogo. De vez em quando, ouvia uma mudança nos cachorros, pulava da cadeira e saía correndo lá fora. A porta de tela batia atrás dele enquanto olhava a noite e os cachorros ficavam em volta, abanando o rabo que então batia no degrau da varanda. As galinhas cacarejavam e afofavam as penas no galpão onde ficavam os tratores e um gato escapava pelo feixe de luz alaranjada do poste de creosoto. Ele me perguntou sobre a última vez que eu tinha visto Felicity e falei que foi na vez que fui procurá-lo no confinamento de gado. Ele não lembrava e falei que era porque não cheguei a falar com ele, parecia muito ocupado. "Nunca estou ocupado", disse ele, então se virou outra vez para o fogo e deu um leve pontapé no pedaço de lenha. Faíscas voaram pela sala e iluminaram a cadeira de vime onde Felicity sempre sentava esperando. Por um instante achei que ela estava ali, mas era só sonho meu. Às vezes era assim lá fora à noite, totalmente sozinhos. Nem sequer a luz de um celeiro dos vizinhos. Só nós dois e os cachorros.

Eu pensava em Felicity — aonde podia ter ido. Talvez nem tivesse ido, só se entediou de ficar esperando. O tédio era um fato real naqueles dias. O que vai acontecer? Essa é a questão. O que vai acontecer.

Interrogatório #1

— ENTÃO VOCÊ ALEGA que nunca conheceu essa "Felicity Parks". Correto?

— Parks? Não, senhor.

— Então por que a mãe dela nos afirma que você conhece... conhecia? Você *conhece*.

— A mãe dela?

— Correto.

— Não estará inventando?

— Quer dizer, inventando uma história? Do nada? Do ar?

— Imagino que sim.

— Ela afirma que essa menina dela, essa "Felicity Parks", tem catorze anos de idade.

— Tem? Não sei.

— Quantos anos você tem?

— Treze. Só treze.

— Só treze?

— Sissenhor.

— E não viu uma garota assim andando pela área onde você mora?

(O investigador lhe mostra uma foto de "Felicity Parks" num maiô de duas peças, sorrindo para a câmera.)

— Não, senhor. A área é muito grande, sabe. Quilômetros e mais quilômetros. Quer dizer...
— Filho, faz mais de doze anos que sou o investigador neste condado. Nasci e cresci em Three Rocks. Imagino que a estas alturas conheço bem a região.
— Sissenhor.
— Não banque o espertinho comigo.
— Não, senhor.

Uns cinco alqueires de poeira e cobras

EU ESTAVA PASSANDO o enleirador no campo baixo perto da estrada, preparando-o para os melões. Uns cinco alqueires de poeira e cobras. Estava com um pano azul por cima do nariz e tinha os olhos e o cabelo cheios de terra. Levava atrás do assento quente de metal um cantil verde-oliva com água. Parei o trator depois de terminar uma leira, abaixei o pano do nariz para o pescoço e catei o cantil às cegas sempre olhando reto para a estrada, mas sem esperar de fato nenhuma novidade. Na primeira vez que vi um relance do casaco comprido cor-de-rosa entre os eucaliptos e o asfalto, nem me dei conta. Uma faixa de cor — um relance de pedaço de cartolina num engradado plástico de verduras, talvez. Tirei o cantil de trás do assento sem olhar. Mantinha os olhos no ponto vazio entre as árvores. Desrosqueei a tampa comprida com a sua correntinha lisa. Dei uns seis goles enormes de água morna. O motor do trator continuava pipocando num ritmo monótono movido a diesel. Desliguei e de repente estendeu-se um enorme silêncio. A brisa levíssima movia longas faixas de folhas prateadas de eucalipto, balançando na poeira, estalando umas nas outras. Então vi de novo — entrando no espaço vazio como que obedecendo a uma ordem, uma aparição do passado —, quase esquecida. A mesma mulher — a mesma mulher gritalhona da pensão. Que idade eu tinha? "Seu nojento filho da mãe!" Foi o que ela disse. Ainda ouço. Ainda consigo ouvir. Era ela? Pedindo carona? Carona numa estrada reta? A quilômetros de qualquer lugar? Nunca param para ninguém. Esse tráfego incessante entre norte e sul.

Vi a mulher sentada sob um dos pneus gigantes. Descansando. Segurando o pé direito nas mãos. Embalando com cuidado como se fosse um passarinho que tivesse caído morto pelo calor incessante. Umedecia o dedo da mão esquerda na língua e passava suavemente nas bolhas amarelas. Os sapatos de salto estavam ao lado, cobertos de poeira e o couro lascado numas partes como se tivessem sido esfregados contra uma parede áspera.

"Isso não aconteceria — jamais aconteceria se não fosse por pura e simples falta de respeito. É isso — falta de respeito. Imagine uma mãe, qualquer mãe aqui na estrada reta, cuidando das bolhas dos pés — na terra! Na poeira! Quando eu devia era estar bebendo um aperitivo — gim-tônica —, jantando e tomando vinho no Hickory Room. Não atolada aqui feito um desses bichos horríveis atropelados na estrada. Feito um gambá esmagado no asfalto escaldante. Falta de respeito! É isso — pura e simplesmente. Umas filhas deviam nascer mortas. É o que eu acho."

Interrogatório #2

— DEIXE-ME PERGUNTAR uma coisa: em que o seu pai trabalha?
— No momento trabalha num confinamento de engorda de gado.
— Selecionando?
— Alimentando, principalmente. Dando ração, sabe...
— O que ele acha do fato de você andar com uma mulher mais velha?
(O investigador solta uma risada lasciva.)
— Nunca vi ela antes.
(O investigador se recompõe da "piadinha".)
— A mãe dela nos disse que você andou.
— Deve ter se enganado.
— Mentindo, você quer dizer? Inventando de novo uma história? Então por que ela parecia ter tanta certeza?
— Não sei.
— Ela parecia muito precisa sobre o lugar onde vocês moram, você e o seu pai. A cor da casa. O que o seu pai dirige. A hora em que vai trabalhar. Coisas assim.
— Ela está espionando a gente?
— Espionando? A filha dela desapareceu. Ela está procurando a filha.

— Sissenhor.

— Falei a ela para tirar foto de Felicity na casa do seu pai. Uma fotografia.

— Na nossa casa?

— Correto. Disse a ela que, se conseguisse, então teríamos uma prova conclusiva. Sabe o que é isso?

— Sissenhor.

— Significa que ela pode provar que a filha estava na casa de vocês. Ficando por lá. Preto no branco. "Prova conclusiva."

— Sissenhor.

— Se provarmos isso, então saberemos que o mentiroso deve ser você.

— Eu? Por que ia mentir? Nem conheço ela.

— Mas já a viu antes?

— Não, senhor. Nunca vi.

— E o seu pai? Ele sabe alguma coisa a respeito dela?

— Não, senhor.

— Bom, pode dizer ao seu pai que vamos chamá-lo para vir aqui e responder também algumas perguntas.

— Certo. Digo a ele.

— Agora pode ir.

— Aqui fica longe de casa? Sabe dizer? Quantos quilômetros?

— Você não se incomoda em andar, não é? Um rapaz novo como você.

— Não, senhor.

Barcos ardendo

ULTIMAMENTE ANDO ACORDANDO no escuro, que horas são agora — cinco da manhã? Olhando as vigas. Me exilei sem querer. Desço ao térreo, me apoiando — pela escada circular, até a cozinha. Está tudo escuro. Alguém esteve aqui. Acho que fui eu. Cascas de mexerica. Chá velho. Abro a porta dos fundos para a varanda de pedra. Lá fora, a luz da lâmpada amarela mal consegue atravessar os besouros mortos. O guaxinim derrubou a lata de lixo cheia de ração de cachorro. Deve ter sido isso — o barulho — o estrondo. O tijolo que segurava a tampa, jogado lá para fora da varanda. A tampa, derrubada ao lado. Ontem à noite disparei nesse guaxinim com o meu Taurus 410, bem de perto. Devo ter errado totalmente o tiro, pois aqui está ele — de novo. Sinto o cheiro, mas é provável que eu esteja alucinando. Um tiro pior do que o daquela loira. Como se chamava?

Queria ligar para uma garota, qualquer garota — acordá-la —, mas sei que não vai adiantar nada. O que ela pode dizer? O que pode fazer? Está em outra cidade, em outro país, sonhando com outras coisas.

Acho que ouço alguém me chamar. Uma voz de mulher. Logo na porta da frente, alta e nítida. Que horas são, aliás? Vou e abro a porta, quase desafiando a pessoa invisível a se mostrar. Não tem ninguém. Um breu. Chamo em voz alta. Nenhuma resposta. Os cavalos andam ao longo da cerca. Ouço os cascos deles entre as folhas de carvalho no chão. Sentem o meu cheiro. Bato a porta. Nada se move. O fogo na lareira se apagou. Nem fumaça tem. Nem brasa tem. Não vou acender a lareira a esta hora. Precisaria que alguém ficasse aqui de quatro. Soprando. Acendendo jornal amassado.

Volto para a cama. Leio sobre os enterros vikings no mar. Barcos ardendo, um dragão na proa. Virgens esfoladas vivas. O guaxinim derruba outra vez a tampa do lixo. Desço correndo pela escada circular com as minhas meias azuis grossas e carrego o Taurus. Quando abro a porta dos fundos, o guaxinim já se foi. Um jato ruge lá longe no céu escuro. No passado. Ainda nenhum sinal da manhã.

Interrogatório #3

— PODE NOS APRESENTAR alguma boa razão para ela querer dar fim de si mesma? Uma garota nova assim?
— Não. Onde encontraram?
— Apenas responda à pergunta.
— Sissenhor.
— Você não faz ideia.
— Não.
— Pai violento? Mãe? Álcool? Drogas?
— Não faço ideia.
— Ao que sabemos, ela estava de caso com um homem muito mais velho.
— É mesmo?
— E também com o filho desse homem mais velho.
— De caso?
— Correto.
— Com o filho também?
— Sim.
— Com os dois?
— Sim.
— E onde encontraram?

— Pendurada num eucalipto na Highway 5. Para o lado sul.
— Pendurada?
— Suspensa por uma bolsinha preta.
— Bolsinha?
— Bom, pela alça.
— Devia ser uma alça comprida.
— Era.
— Devia ser forte. A alça.
— Era.
— Quer dizer, se...
— Por favor, vamos continuar com as perguntas.
— Sim... Só queria perguntar quando encontraram.
— Não vem ao caso.
— Não.
— O seu pai... ele ainda mora lá?
— Lá onde?
— Junto da Highway 5. Perto das plantações de limoeiros.
— Até onde sei, sim.
— Não tem visto o seu pai?
— Não.

(Longa pausa, em que o investigador tosse limpando a garganta, toma um copo d'água, remexe entre os papéis, ajusta os óculos de leitura, limpa-os com um lenço de papel, olha pela janela os quilômetros e quilômetros de terra ressequida: amendoeiras mortas todas alinhadas em filas perfeitas. Outra longa pausa, em que a pessoa interrogada sente uma necessidade incontrolável de dar uma longa cagada.)

— Desculpe-me, mas posso usar o banheiro?

— Claro... vire à direita depois das portas de vidro, e então bem à esquerda. Siga as placas até o final do corredor. Fica à sua esquerda.

— Muito obrigado.

— Não tem de quê. Aqui está a chave.

(O investigador estende uma raquete de pingue-pongue enorme com uma letra M colada nela com fita isolante. No cabo tem uma chave mestra pendurada. Um policial em uniforme comum de policial avança um passo.)

— O policial Barnes vai ajudá-lo com as algemas.

(Toma o corredor comprido com murais encardidos de conquistadores, índios e garimpeiros. O policial Barnes segue logo atrás, mas não fala e não encosta nele até chegarem à porta do banheiro masculino. Sensação sinistra de que Barnes está pronto para saltar em suas costas como um enorme morcego vampiro e chupar todo o sangue do seu pescoço, mas não. Quando finalmente chegam e param à porta do banheiro masculino, Barnes abre as algemas e, fato surpreendente, deixa-o entrar sozinho. Ele descobre a saída mais rápida — por um respiradouro de alumínio bem no alto da privada amarelada.)

Se entenderam bem

FORAM PROCURÁ-LO NA casa do pai e o pai falou que não o tinha visto. Fugiu e entrou para o circo ou alguma besteira assim. Disse a eles que, de todo modo, os dois nunca se entenderam bem em coisa nenhuma. Quando perguntaram sobre Felicity, ele não conhecia nenhuma "Felicity". Quando mostraram uns instantâneos de Felicity sentada no colo dele numa cadeira de balanço, balançando as pernas bronzeadas e as botas de faroeste com pistolas pequenininhas gravadas nelas, falou que as fotos deviam ter sido "retocadas". Falou que conhecia outros caras que tinham feito isso lá no México só para mostrar aos amigos que não eram viados e que tinham uma garota bonita encafuada em algum lugar que realmente amava eles. Os policiais deram risada e, por dentro, estavam sentindo admiração e gostando dele mesmo sabendo que era mentira. Deram voz oficial de prisão quando descobriram um sutiã de renda azul que se abria em fendas horizontais muito convenientes em volta dos mamilos. Revistaram tudo até que o encontraram enfiado debaixo de um tapete de pele de carneiro ao lado da cama dele. O meu pai falou que alguém devia ter posto ali numa armação. Quando perguntaram quem poderia ser, ele falou que provavelmente tinha sido eu, o próprio filho dele, que queria lhe dar o troco por alguma coisa. Quando perguntaram se o filho tinha algum ressentimento, ele falou que não fazia ideia, só que sempre sentiu que eu tinha algo contra ele.

Sigo o rastro dela. Outra vez. Tem restos presos nos cactos. Farrapos da bermuda, tufos de cabelo. Fico excitado. Sinto aquela pulsação no topo da garganta. A cabeça fica estrondejando. Será pela caçada? A respiração acelera. Impressão de pernas nuas se agitando. Coxas fortes. Bronzeadas. Sem nunca diminuir o ritmo. Jovem. Bronzeada. O que ela está pensando? Por que voltou? A cabeça não para. Em momento nenhum. O pensamento tropeçando sobre si mesmo. Aparecendo, desaparecendo. O futuro dela. Deve ser. É tão nova que deve ser o futuro dela. Por que iria mergulhar no passado assustador? Alguma coisa que ela enxerga na frente. Palpável. Uma imagem. Talvez outros homens mais. Ela nem imagina que estou logo atrás dela. Ou imagina? Planejou tudo isso? Está na verdade me levando ao meu próprio desastre? Estou? (Não fique paranoico. É meio-dia, pelo amor de Deus.) Talvez seja a pegada dela, enlameada, logo ali. Mas faz um mês que não chove.

Se entenderam bem

Voltei ao local onde o investigador falou que a tinham encontrado — pendurada num eucalipto pelo pescoço. Percorri para cima e para baixo todo aquele trecho poeirento olhando as milhares de folhas finas farfalhando ao vento da estrada. O trânsito das cinco se despejava pela esquerda e pela direita. Ela não estava em lugar nenhum, claro. Nenhum sinal dela. Nem mesmo a alça da bolsa preta que parecia ter resistido tão bem. Nada. Tinham-na removido — com tudo. Provavelmente num daqueles sacos de cadáveres. Provavelmente agora apenas cinzas. Mas a árvore eu encontrei. Tenho certeza. Parecia muito mais velha do que as outras. Cansada. Como se tivesse visto demais. Enraizada no mesmo lugar por todos aqueles anos. Os galhos todos retorcidos como um joelho de cabra.

Tinha ali um galho com uns pequenos arranhões desesperados — quase como se tivesse sido mastigado durante a noite. Algum morcego ou roedor. Marcas minúsculas de dentinhos como de uma criança, molares afiados. Fosse o que fosse, estava atrás de algo doce. Algo por baixo da casca. Eucalipto e vaselina? Lembro a minha mãe me passando no peito. Fazia a gente lacrimejar.

203

ESTE LIVRO FOI COMPOSTO EM GARAMOND PRO CORPO 12 POR
15,5 E IMPRESSO SOBRE PAPEL CHAMBRIL AVENA 90 g/m² NAS
OFICINAS DA ASSAHI GRÁFICA, SÃO BERNARDO DO CAMPO — SP,
EM NOVEMBRO DE 2017